一步之遥

刘景岗 著

中国言实出版社

图书在版编目(CIP)数据

一步之遥 / 刘景岗著 . -- 北京：中国言实出版社，
2023.11
ISBN 978-7-5171-4646-9

Ⅰ.①一… Ⅱ.①刘… Ⅲ.①中篇小说—小说集—中
国—当代②短篇小说—小说集—中国—当代 Ⅳ.① I247.7

中国国家版本馆 CIP 数据核字（2023）第 208870 号

一步之遥

责任编辑：史会美
责任校对：张天杨

出版发行：中国言实出版社
　　地　址：北京市朝阳区北苑路180号加利大厦5号楼105室
　　邮　编：100101
　　编辑部：北京市海淀区花园路6号院B座6层
　　邮　编：100088
　　电　话：010-64924853（总编室）　010-64924716（发行部）
　　网　址：www.zgyscbs.cn　电子邮箱：zgyscbs@263.net

经　　销：新华书店
印　　刷：北京温林源印刷有限公司
版　　次：2024年2月第1版　2024年2月第1次印刷
规　　格：880毫米×1230毫米　1/32　8.875印张
字　　数：160千字

定　　价：62.00元
书　　号：ISBN 978-7-5171-4646-9

作者简介

刘景岗，湖北省仙桃市人，湖北省作家协会会员。曾任仙桃市劳动局局长、人社局局长等职，现已退休。2020年开始从事文学创作，小说、散文作品见于《奔流》《长江丛刊》《今古传奇》《中华文学》《楚天都市报》《长江日报》、"冬歌文苑"等报刊及网络文学平台，并多次获奖。

在生活的沃土上耕耘

王树宾

这些年，我很少看比较长的文字。但在近些日子，我却被刘景岗先生十六万字的小说集《一步之遥》深深地吸引了。

《一步之遥》共收入了作者的十一篇小说，写的是发生在江汉平原的那些故事。作品涉及的题材很广泛，有官场风云、商海沉浮，也有亲情爱情、人间冷暖。作品既有对真善美的赞颂，也有对假恶丑的鞭挞。让人既能感受到时代前行的脉动，也听得见经济大潮裹挟下泥沙俱下的杂音。

《一步之遥》并非以华丽的文字和炫目的技巧取胜，它是在丰厚的生活沃土上迎风绽放的花朵。

读着景岗先生的作品，似乎置身于江汉平原的某个村庄，独特的乡土风情和浓郁的生活气息扑面而来。

连续几天专心研读景岗先生的《一步之遥》，使我重拾久违的阅读快感。书稿虽长，但我并不觉得这是一件很无味的事。相反，作者笔下那一个个鲜活灵动的人物竟清晰地浮现在眼前，他们的悲欢离合、喜怒哀乐是那样而是因为这是两种不同性质、担负不同使命的语言。然而，我欣喜地发现，在天天与公文打交道并曾担任领导职务的景岗先生的作品里，并没有发现公文语言的痕迹。

景岗先生的语言朴实简洁，且生动传神，文采斐然。

在《异化》这篇小说中，国志的父亲被打成右派而蒙冤入狱，后父母离婚，国志随母亲下放农村。有一天，父亲来到村里，想与儿子见上一面。有一段文字描述国志来找好朋友文京商量见不见父亲时的场景：

> 淅淅沥沥的春雨绵绵地浸润着大地，屋外漆黑一片，沉闷的雷声不时响起，可能是刚从雨中跑来，国志发际已淋湿，头发也有些凌乱，加上气温较低，他的身子有些微微发抖……

这里，并没有直接描写国志的心理活动，却通过凌乱的头发、微微发抖的身体，淋漓尽致地表现了国志在见与不见时的内心挣扎。寥寥数语，将国志内心的矛盾纠葛展露无遗，由此可见作者的语言功力。

在《姐娘》中，作者这样描写弟弟李狗山在姐姐灵前悲痛欲绝的情形：

> 尽管有几个小伙子拉着，拽着，架着，都止不住李狗山那排山倒海的架势，他扯着嗓子呼天抢地、撕心裂肺地号着，不断地对着姐姐灵堂的地上磕着头，那额头已是血迹斑斑，他悲痛欲绝的思绪犹如一匹脱缰的野马，在那广袤的原野上肆意狂奔，没

有尽头！

通过几个动作的描写，将悲伤的气氛推到极致，令人为之动容。

在小说集《一步之遥》中，如此精湛传神的文字不胜枚举。如《土生土长》中土生得志时的台上发言、事发后的答记者问等，生动幽默，让人过目不忘。

确实，语言的美，不在语言本身，而在其所传达的内涵，在于其给读者带来的感觉和想象。许多只可意会不可言说的东西，常常隐于字里行间，等待着读者去发现、去解读。

如果说语言是小说的生命，细节则是小说的血肉。成功的细节描写对于塑造人物形象、烘托气氛和增强艺术感染力有着事半功倍的效果。

重视细节的设计和运用，是小说集《一步之遥》的又一特色。仅以《迁坟》为例，就可以看出细节在作品中的分量。

《迁坟》讲述了一个凄美的爱情故事，张小瑛与曾经的老师彭亮真心相爱，却为世人所不容。当时的村支书张三率众人将彭亮五花大绑并送去学习班。后张小瑛难产而死，彭亮含泪将其安葬于公墓的一个角落。许多年后，因土地征用需要迁坟，彭亮父子赶来为张小瑛迁坟。张三虽然已不是支书，可依然是张氏家族说一不二的核心人物，也是这次张家迁坟的总指挥。但"张三看到彭亮后马上很不自然地低下了头……"仅一个动作，便表现出张三的忏悔与愧疚。

接下来的几个场景，则通过细节的描写，反映了张三和所有村民发自内心的反省。

大家开始向新的公墓移动了，彭亮抱着骨灰盒汇入人流，张家所有人眼巴巴地等着，一定要彭亮走在最前面。

　　……

　　他俩肃穆地向前走着。后面的人见他俩不上车，也都没有上车。一条长长的队伍抱着骨灰盒，有序地走在大路上。

　　村民们执意让彭亮父子走在最前面，其用意，除了尊重，更多的是一种无奈的补偿。彭亮父子坚持不上车步行前往新的公墓，是想多陪张小瑛一会儿。而村民竟也不上原先准备的车，全体陪着父子俩步行，从而出现了一条长长的抱着骨灰盒的队伍。这幅动人心魄的画面，则无异于一场集体忏悔的仪式。

　　接着，"张三在新公墓备用的墓地中挑选了一个大家都认为风水最好的地块，让彭亮把张小瑛的骨灰盒安放于此"。

　　我想，在这样的诚意面前，彭亮父子应该可以放下芥蒂，原谅曾给他们带来不幸的张三和乡亲们。张小瑛若泉下有知，也当感到欣慰了。

　　如果没有这些生动的细节，仅仅依赖于一般性的叙述，是无法达到这种效果的。因此，一个好的细节，胜过千言万语。

　　小说集《一步之遥》可圈可点之处甚多，限于篇幅，恕不赘述，留待读者们品评吧。

　　读罢《一步之遥》，使我更加坚信：生活是文学艺术的源泉。期待刘景岗先生在生活的沃土上进一步精耕细作，取得更好的收成。

二〇二四年一月十八日写于海口

　　王树宾，江苏南通人。在海军部队服役二十一年，毕业于解放军艺术学院文学系，海南省作家协会会员。先后在《解放军文艺》《青年文学》《北方文学》《新华日报》《海南日报》等刊物和媒体发表小说、散文、文学评论近百万字。著有长篇报告文学《上海有个吴权民》、文集《寻找儿时的月亮》等，作品被选入多种文集并数次获奖。

目录
CONTENTS

胡老师的创业史

起步

1990 年春节刚过，汉州县三湖镇服装厂的台柱子、销售经理胡进突然向厂长胡亥递交了辞呈，尽管胡亥百般挽留，胡进还是义无反顾地告别了摸爬滚打近十年的厂子。

离职没有几天，坊间就传来他要创业的消息。俗话说，三十而立，四十不惑。那年，胡进三十有九，即将步入不惑之年，居然还要创业，着实让人难以理解。

其实，胡进骨子里就是一个喜欢折腾的主。1968年，他毕业于沔州高中，因为高考废止，他回村里当了一名民办教师。高考恢复时，已是两个小孩的父亲的他迫于养家糊口的压力，无奈地选择了放弃。尽管如此，不认命的他还是通过自考，拿到了华中师范大学中文系本科文凭。文凭拿到了，而且几乎年年被评为优秀教师，还被调到镇里担任了民办老师，成为全镇语文学科带头人。尽管如此，他代课教师的身份依然无法改变，极低的工资待遇根本不能维持生计。他一咬牙，放弃了教学生涯，转身投靠他同族的兄弟、三湖服装厂厂长胡亥。进厂后，他先是跑业务，结果不负众望，他销售业绩十分出色，被誉为"金牌销售"。不到两年，胡亥便委以他重任，将他推举到三湖服装厂销售经理的位置上。那些年，胡进社会地位明显提升，经济收入也大幅提高，每年除了底薪，还有相当可观的销售额提成，令人羡慕不已。正是在春风得意、风生水起之时，他为何突发奇想，另谋他途呢？这还得从春节的一场聚会说起。

那年大年初一早上，胡进很早就起了床，将村里张裁缝为他量身定做的西装穿上了，还打上了领带，刻意用发胶打理了大背头。本来就眉清目秀、一副书生模样的他，这一捯饬下来，仿佛是二十出头的帅小伙。之所以如此隆重地打扮自己，除了为顺应节日的氛围，还因为每年的这一天，都会有一批学生来给他拜年。他一边十分细致地整理着客厅，一边叮嘱妻子准备好九个碟子的卤菜。

因为过去教的学生离他家都不远，才八点多钟，就有四五个学生陆陆续续到了。胡进要妻子把卤菜端上来，并叮嘱准备下面条。来的学生都是大学或者中专毕业，并已经参加工作的年轻人，所以每每此时，胡进有着满满的成就感。妻子已经将九个碟子端上来了，胡进还在向外张望着。一个名叫邵红艳的女学生见状，心领神会地说："田斌怎么还没有到呢？"话音未落，只见田斌已经来到门口。胡进马上迎上去，握着他的手，将他迎进屋。

在场的学生都知道，田斌是胡老师最得意的门生。他一直是学霸，在胡老师手上考入县一中，三年后，他不负众望，考入武汉大学化学系，前些年毕业后分配到成都一家化工研究所工作。胡进见他是一个人来的便笑着说："不是说这次一定要带个女朋友来见我吗？"田斌笑着应道："还没有谈，您不也说过以事业为重吗？"大家都笑了。邵红艳见他提着一个公文包，便问道："得意门生带了什么礼物给老师拜年呀？"田斌扬了扬手中的公文包，神秘兮兮地笑道："带了一份大礼，是什么暂时保密。"

按当地的风俗，大年初一，客人往往只是在这里过个早，就着九个碟子的卤菜，酒是免不了要喝一点的。因为在座的这些学生几乎年年都来，加上胡进十分亲切，所以大家兴致高，放得开，边喝酒，边聊着。那天胡进开宗明义地说："你们现在基本上在体制内单位上班，又正值年轻气盛，思想活络，来给我吹吹风、洗洗脑，告诉我国家有哪些政策鼓励个体创业。"有几名学生心领神会，他们早就知道老师心存创业的梦想，也认为老师是一名睿智清醒、能成大事的才子，就大谈现在国家鼓励发展个体私营经济政策，纷纷表示，支持老师自立门户，投资兴业。

　　不一会儿工夫，大家酒足饭饱，陆续离开了老师家，只剩下田斌没走。胡进让家人收拾餐桌，带田斌来到书房。落座后，胡进说："今天听大家一说，我的信心更足，就差你的一把火了。"田斌从公文包中掏出一沓材料，对老师说："您要的东西我已经给您带来了，这是我最近研发的一款洗发水的配方。"胡进听罢，略微思索了一会儿道："一个产品是否有开发价值，主要取决于它的市场潜力，洗发水现在市场上已经有人占了先机，我们再去做，是否能在竞争中占得一席之地？"田斌笑了笑，接过老师的话题道："您说得对，市场是产品的命门。我是这样看这款产品的，目前市场上的洗发水主要是美国的宝洁公司在做，通过这几年的推销，它已经颠覆了国人用肥皂和洗衣粉洗头的习惯，建立起了洗头要用洗发水的全新概念。应该看到这一概念的建立是宝洁公司投入了高额的广告费和促销费用才取得的成果，这就意味着我们这款产品无须前期巨大的投入，只需及时跟进即可走进市场，这就是商机。中国人多，市场还有着海量的空间，而且我给您的这款产品属于中低档次，开发成本低，可避开宝洁产品高端销售市场，走与之差异化经营的中低端市场，应该有很大的胜算！"听罢学生的一席话，胡进有一种醍醐灌顶的感觉，他将配方留下，对田斌说："有了你这个产品，我自主创业的信心更足了。你这配方是我现在就出钱购买，还是算我未来企业的股份呢？"田斌笑道："您说到哪儿去了，送给您的。"胡进高兴地说："那我就不客气了，如果将来赚到钱我一定给你配股！"

拿到配方，胡进信心满满，他辞掉在三湖服装厂的工作后，便开始筹建工厂。他先是东挪西凑筹集了十多万元，加上自己这些年来的积蓄，购置了一条简易的洗发水生产线，一台二手挤塑机。又租了镇里一处闲置厂房，因陋就简，用了不到三个月的时间，一个洗发水生产厂就诞生了。

布局（一）

几经磨合调试，全新的产品顺利合成，经过检验完全合格。胡进在紧锣密鼓地建设工厂、调试设备的同时，运筹着网罗人才。他认为对于一家企业来说，有一个有潜力的产品，只能算是有了一定发展的基础，离创业成功还有相当遥远的距离，企业生产的组织、内部的管理、产品的销售和每一个环节都必须有一个得力的团队来打理，不然仅依赖一个产品，弄一个手工作坊式的家族企业，那是万万没有前途的。他甚至认为选择人比投入资金更重要。于是他决意组建一个强有力的团队，来实现他创业成功的梦想。

要想找到合适的人选非常难，胡进活动半径不是很大，视野极其有限，而且作为一个初创的企业吸引力肯定不会很强，所以他只能在他熟悉的圈子里筛选他认为合适的人选。

他首先想到的是必须有一个内当家来负责企业财务，这个人不仅要熟悉财务，懂得开源节流，而且要对企业忠心耿耿。通常这个位置最合适的人选应该是自己的配偶，而他的妻子一字不识，自然无法担当此任。思来想去，他想起了他的学生——三湖镇中学的出纳邵红艳。

那年邵红艳二十有六，一米六二的个子，身材匀称，皮肤白皙，模样周正。她曾经是胡进初中班上的学生，也是每年大年初一来拜访胡进的学生之一。当年读书时，她成绩中上，文科出色，但理科成绩总跟不上。那时她就十分钦佩胡老师的才华，是胡进的忠实粉丝。高考落榜后，她到镇中学做出纳，至今没有转正。在镇中学，胡进和她又做了近两年同事。因为两人同是临时工，还有师生这层关系，平时交往就比较频繁，尽管年龄相差十好几岁，但两人有共同语言。在胡进看来，经过这几年的历练，她管理财务应该是游刃有余。更让胡进看好的是，她是一个重情义、有主见、办事雷厉风行的人。

胡进认准了邵红艳，人家是否愿意加盟他心里还是没底。于是他前往镇中学，亲自登门找到邵红艳。让胡进有点意外的是，她竟十分爽快地答应了他的邀请。胡进十分严肃地对她说："小邵啊，尽管我非常希望你加盟，但丑话说在前面，我那里现在是开毛荒，风险很大，难道你不找人商量或者慎重考虑一下再答复我吗？"邵红艳十分坚定地对胡进说："不用找谁商量，我的事情可以自己做主，不管将来企业是死是活，前景是好是坏，我只认胡老师您这个人，只要您瞧得起、用得上，我就跟您走！"一席话，让胡进感动不已，不由得对她投去深情的目光，邵红艳没有回避，也以一种柔和的目光来对视。

得到邵红艳的加盟，胡进又平添了一份信心。骑着自行车在返回的路上，胡进心里满是得意，他甚至有点心猿意马了——邵红艳那抹柔和的目光总是在他眼前浮现。胡进对邵红艳的身世十分了解，在当时的农村二十大几的女孩多半嫁人了，而邵红艳至今还没有找对象，在学校曾接触过几个小青年，胡进自己还给她介绍过一位高她两届在镇小学教书的学生，都因为她这种十分尴尬的身份高不成低不就而不了了之。恍惚中，自行车突然冲到路边一棵树上，胡进冷不丁摔了一跤。好在摔得不重，他咬咬牙，扶着自行车站了起来，摇摇头，自嘲似的笑了笑，又骑车行进在返程的路上。

布局（二）

销售是龙头，也是决定企业成败最为关键的一环。胡进深知此理，所以在负责销售的人的选择上，他是绞尽了脑汁。在淘汰了几名主动前来投靠的原服装厂的业务员后，他突然想起自己过去的同学刘世平。

刘世平在三湖镇算是一个小有名气的人物，现任镇文化站站长，但没有进入编制内。过去读书时，胡进和他从小学一直读到初中，两人都属于班上极为聪明的学生，可惜那时社会上普遍的认知是读书无用，加上家在农村，家境贫寒，刘世平读完初中便回乡务农去了。刘世平身高不到一米六五，瘦得像个猴精，一双不大的三角眼镶嵌在那张窄小的丝瓜脸上，可谓其貌不扬，胡进曾笑称他是浓缩的人精。然而聪明过人的他并没有随波逐流，那时农村时兴组建宣传队，他通过艰苦的努力，把二胡、笛子、唢呐这些民间乐器都做到无师自通了，几年下来，竟成为三湖镇乐团第一高手。不管是村里、镇里还是代表镇到县里的演出活动，都少不了他出场。镇里一些大型活动也会请他出面策划。他不仅口齿伶俐，处事也十分得体，镇里只要是有头有脸的人家婚丧嫁娶必请他出面做总管，而只要他出马，无论场面多么庞大复杂，总能将大小繁杂的事务处理得井井有条，滴水不漏。

如果刘世平能接受他的邀请，来做企业销售，无疑是眼下最佳的选择。而刘世平这个人骨子里有几分傲气，说起来当年他们都是平起平坐的同学，但现在人家大小也是个文化站站长，如果直接去找他被一口回绝那就没有回环的余地了。为了能请出这尊神，胡进特意先在镇上放出想请他出山的风来，得到的反馈是刘世平随口说了句："别拿我开玩笑，这么重要的岗位胡老板恐怕早就物色好了，哪能轮到我？"

听到这一反馈，胡进暗喜，觉得有戏，于是在镇上一家叫作醉仙楼的小餐馆做了个局，找了平时交往比较密切的两位同学作陪。那天下午六点，四个人如约而至。胡进带来五斤当地酒坊酿造的荞麦酒，点了一碟花生米、一盘当地名菜醋鸡子、一盘刘世平特别爱吃的炒肥肠，加上煎鱼、粉蒸肉、莲藕汤等几道菜，十分丰盛。随着热气腾腾的菜陆续端上桌，几位老同学就边吃边喝边聊了起来。既是同学，聊起来十分投机，陈年往事、家长里短、工作生活、国际国内形势无所不及。直到酒过三巡，赴宴者个个脸上红里透汗，已有几分醉意，按胡进事先的授意，一个张姓的同学抛出了话题："就我看，眼下还是世平兄混得最好，好歹成了镇上的人，不像我们还在修补地球。"刘世平马上接过话茬："哪里哪里，我这差事是胡老弟扔了不做的，你们有所不知，现在胡进又要自己创业当老板，这才叫风流！"另外一个同学立马应道："刘老兄这话我喜欢听，胡老板敢于出来创业，他才是我们同学中最有胆量，最有闯劲，最有帅才的人。"接着，他转身对胡进说："你开厂一定缺人手，瞧得起把我带上，哪怕是看门扫地都可以。"胡进说："可以呀，一个好汉三个帮，我创业不靠大家靠谁，今天在座的只要愿意，我都要，就看大家相不相信我胡某。"说罢，特意朝刘世平瞟了一眼。张姓的同学立刻说："胡老板可不能反悔啊，我明天就去你那里上班。"胡进笑着说："你们俩进厂那都没有问题，今天在这里把话挑明，我是特意来请刘大站长出山的。"刘世平早就知道今天是个"鸿门宴"，来之前他有过思想斗争，面对同学抛来的橄榄枝，他有点心思，只是想知道自己将来在新企业的身价，便应道："既然老同学瞧得起，我无话可说。只是我才疏学浅，怕耽误了老同学的好事。"胡进这时终于放下心来，接过话茬："我胡某人就等你这句话呢，还劳烦你尽快把手头的事了了，到这边接手，我的销售摊子等着你呢！"说罢举起酒杯站起来提议，为各位的加盟干杯！

　　酒后第三天，刘世平来到胡进的天成日化有限公司，以负责销售的副总身份走马上任了。

找到两个关键人加盟后，胡进心里总算有了点底。只是还有两个不可或缺的角色依然在他心里打滚，一个是负责企业的生产技术人选，一个是负责行政事务的人选。前者要拥有驾驭眼下这套流水线设备的技术和组织生产的能力，后者要善于交际，处理企业内外繁杂的事务。

巧的是，很快就有这么两个人不约而同地进入了他的视野，并轻而易举地将他们招到了公司。一个是他的一名叫作林守业的学生，前些年他在荆楚机械学校毕业后，在一家国企工作了几年，因所在企业经营不善导致全体职工下岗分流，心灰意冷的林守业回来的本意是想看看自己敬重的老师，寻找一下精神的慰藉，没有想到胡老师马上把他拉到天成日化的厂房，请他看了看设备，问他能否驾驭这台设备的运行。林守业笑着对老师说："我学的是机械，在原来的工厂也是做流水线生产设备维护的，是不是这台设备出了问题，要我来给看看？"胡老师说："哪里哪里，你不是刚下岗吗？如果瞧得起，就到我这里当个生产厂长怎么样？"林守业听罢，眼睛突然亮了起来，他毫不犹豫地对老师说："不用说当厂长，只要是在您手下干，就是做一名普通工人，再苦再累我都愿意！"

另一位是胡进同村且一个房头的兄长，叫胡业成，年纪六十有三，退休前在镇上担任政府办公室主任多年，退休后回村赋闲在家，靠打打太极、练练书法来打发时光。那天听说堂弟胡进要办厂，特意前来拜访，凑凑热闹。不想胡进见到他没有聊上几句，脑海里一个念头突然闪现，负责行政事务的人选岂不是远在天边、近在眼前吗？听到堂弟发出的邀请，胡业成二话没说，当场就应允了。

跋涉

各路英雄齐聚天成日化，胡进踌躇满志，经过反复斟酌，将天成日化即将投放市场的产品在工商部门注册了一个非常清新而又高雅的名目"芬芳晨露"。他们在阴历六月十八举行开业大典，全厂上下三十多名员工摩拳擦掌，发誓放手一搏。

让人们大失所望的是天成日化的第一炮打哑了，问题出在销售环节上。

刘世平接手销售后，出征前主动找到胡进，胡进问他："人员不是已经按你的意见配备到位了，是不是还有什么要求？"刘世平说："能否再给我一点产品价格的空间？"胡进爽快地答道："可以，初闯市场，保本甚至微亏一点都可以，这个度交由你去把握。只是你给我交个底，多长时间可以见成效，我这边好安排生产。"刘世平信心满满地说："一个月初见成效，两个月大见成效！"

刘世平的底气一是来自对自己三寸不烂之舌的充分自信；二是他认为自己手头有一个好产品，价格低廉，与同类产品相比有明显的竞争优势；三是可以做到产品售后结款，承诺滞销退货。如此优厚的条件，按照最简单的逻辑，只要把这些条件说明白，商场应该没有拒绝的理由。

到底是初出茅庐，实践的结果完全出乎刘世平的预料，每每拜访商场日化专柜时，柜台营业员叫他找领导，千方百计找到领导，有的根本不由分说叫他走人，有的还算是耐心但也根本不让他把话说完，便告诉他："任何产品要在正规商场上柜首先要进入既定的产品目录，其次需缴纳进场费，还要实行销售业绩末位淘汰制。像你这种不入流的产品离上柜还远着呢！"这一席话像一盆冰水泼得刘世平心里凉飕飕的。

就这样两个月时间一晃便快到了，刘世平一无所获，铩羽而归。企业按计划生产的成本近二十万元的产品把仓库塞得满满当当。

这当头一棒很快让这个还在襁褓中的企业陷入困境，流动资金已经所剩无几，原材料供应商的态度也产生了微妙的变化，更重要的是公司上下的信心有所动摇，各种说法不绝于耳，包括邵红艳都私下向胡进提出了换掉刘世平的建议。

面对山雨欲来的严峻局面，胡进显得出奇地平静，他做过销售，懂得万事开头难的道理。此时，他果断地提出了当前务必树信心，促销售，保生存，化危机为转机的经营思路。他那稳如泰山的神态和面对颓势清晰的应对策略，迅速稳住了公司的阵脚。面对大家议论的焦点，他强调，他会坚持用人不疑人的原则，他坚信刘世平会在销售上为公司建功立业。

一向达观开朗的刘世平一方面因为业绩不尽如人意而感到压力巨大，另一方面对胡进的信任心存感激与愧疚。他在不停地思索，无论如何都要实现突破，以回报胡老板的信任与期待。

整天忙着跑商场的刘世平已经有两个多月没有理发，一头长发将双耳都遮盖了，满脸胡子拉碴，看上去像个叫花子。这天他抽了个空来到了理发店，想闭目养神偷个闲。到洗头的时候，他闻到洗发水的香气，立即发自本能地抬起了头，眼睛直勾勾地盯着理发师手里拿着的洗发水塑料瓶，问道："师傅，你这洗发水是什么牌子的？"理发师一边把他的头按下去继续洗，一边不经意地回答："我们理发店哪里买得起牌子货，都是散装的。"刘世平立即追问道："一瓶的价格是多少？在哪里进的货？"理发师不但告诉了他一瓶的价格，还告诉他这些洗发水都是在县城小商品市场上批发回来的。理完发，刘世平特意拿出一张五元的钞票给了理发师（当时理发市价是两元），说了句不用找就匆匆离开了。

刘世平马不停蹄地赶到了汉州县小商品市场，这个市场原来是县政府所在地，前两年政府搬迁后建成了一个很大的小商品市场。刘世平还是第一次来这里。前些时间他总在跑商场，没有想到眼下这小商品市场比他见到的那些大商场要热闹许多，前来购物的人用人山人海来形容一点都不为过。只见里面商铺占地面积不大，却是一个紧挨着一个，多数商铺生意都很好。通过打听，刘世平总算找到了一个挂着"萍姐日化用品销售部"的柜台。

这柜台在小商品市场二楼，台面长不足三米，纵深约四米。柜台前散发着一股浓烈的混杂着各种日化产品芳香的味道。柜台里面摆放着洗衣液、肥皂、洗发水、沐浴液、洗面奶、口红等各种日化产品。有好几位顾客在柜台前等着购物，一位女老板正在和一位顾客结账。

刘世平定神一看，这位女老板不正是三湖镇剧团演过花旦的黄萍吗？这女子与刘世平年纪不相上下，应该四十左右吧，但此刻她在刘世平眼中依然风姿绰约、甜美可人。身上的一袭蚕丝质地的浅色旗袍，勾勒出她的曲线，一头染成金黄色的鬈发散于双肩，文成月牙形的双眉下一双杏眼炯炯有神，白皙的圆脸上薄施粉黛，更显俏丽。"这不是刘站长吗，是哪阵风把您吹过来的？"还没等刘世平缓过神来，黄萍先与他打起了招呼。刘世平立马应道："哎呀，好巧！怎么在这里碰到你呢？应该称黄老板了吧，什么时候开始做起生意来的？"黄萍回答："前年和那个死鬼打架离婚后我就离家来到这里盘了这个小店，今天你来这里是有什么事吧？"刘世平道："我还真有笔大生意和你做呢，等你把眼前的几笔生意做完了我们详谈。"

前些年刘世平在镇文化站工作时，与黄萍有过交往，那时黄萍还是十分佩服刘世平的，总夸他是一个多才多艺的能人。听说与她有生意要做，她便来了兴致，立刻从后台找来一个小女孩叫她看店子，自己带着刘世平来到离店子不远的茶室，两人在一个小包间坐下来细谈起生意来。

这次与黄萍的深谈让刘世平仿佛看到了天成日化希望的曙光。经营了近两年日化产品的黄萍给他传递了以下几条极有价值的信息：第一，小商品市场的门店不经营大品牌，就喜欢中低端产品，包括水货。第二，从黄萍近几年经营的这个门店来看，目前像"芬芳晨露"这样档次的洗发水生产的厂家寥寥无几，她的门店经常出现断货的现象。第三，这里没有准入的门槛，只要商家愿意铺货，又愿意退滞销的货，按月结款，公司的产品就可以进场了。第四，黄萍认为天成公司的产品最适合在小商品市场经销，而且有很强的竞争力。第五，应该说前期公司突破口找得很准，以黄萍这个店销售洗发水的数据看，一年洗发水销售额近百万元，在这里购买量最大的有两个行业，除了理发的还有开宾馆的，公司可以在这两个行业上下点功夫。黄萍还当场表态：愿意无条件接受"芬芳晨露"进入她的商铺。如果瞧得起她，她愿意做这个产品的独家代理。

两人相谈甚欢，刘世平发自内心地感谢面前的这个女子，他仿佛在黄萍身上找到了一线希望和一股力量。他不顾黄萍的推辞，请她吃了一餐中饭。席间，两个人边喝酒，边回味往事，漫话人生。

突破

刘世平从小商品市场出来，心里觉得有点底了，他又用了几天时间实地考察了县城和部分乡镇的理发店和宾馆，在此基础上形成了一套自认为可行的方案。在公司召开的例会上，他抛出了这个方案。

方案中，他明确肯定前期公司对"芬芳晨露"这一产品的定位是十分准确的，它就是一款中低端洗发水，因此这个产品的销售只能走中低端市场，避开与同类高端产品的竞争。在这个前提下，他提出要千方百计压缩成本，在价格和质量上与同类产品去竞争，进而赢得市场。

他还明确指出，目前公司的产品市场占有率几乎为零，如何撬开市场，实现突破，通过他近期对市场的考察，认为当下企业的着力点应该放在理发店和宾馆两大行业上。从他目前调查摸底的情况看，汉州县就有大大小小的理发店达两千多家，宾馆五百二十多家，每家理发店月平均消耗洗发水达二十大瓶，每家宾馆月平均消耗洗发水近二百大瓶，仅汉州一个县这两大行业每月就有十五万瓶，三百多万元销售额的市场需求，并且他们只用中低端洗发水，这正是要争取的市场。同时，通过这两大行业的辐射，还可以拉动普通市民的消费市场，其潜力不可限量。

如何有效地杀进这一市场呢？刘世平提出，公司不可能挨家挨户送货上门，进行面对面的直接销售，这样做不仅人手不够，而且会极大地增加企业的销售成本，只能找到一个合适的经销商，利用他已经形成的资源优势来销售。

刘世平说："经过这段时间的运作，我已经接触了一位经销商，初步议定，她同意重点代理我们的产品，甚至可以做我们产品的独家代理。这就意味着我们的产品已经可以面向市场了。"

胡进听了刘世平的汇报，十分高兴，认为这一想法在方向上应该是正确的，只是思路还要进一步开阔，细节还有待进一步完善。他只用一句话就把刘世平问住了："你说黄萍那里一年的销售额不到一百万元，即便是独家代理，销售额也只能达到一百万元，只能吃掉我们产品的五分之一啊！"刘世平和与会人员听这一问，面面相觎，无言以对。胡进接着说："我们的思路还要更加开阔一些，不要就盯着眼前这一巴掌大的市场。万事开头难，我的意思是，我们先在汉州市场上精耕细作，摸索出路子了再向更广阔的市场进军。"

按照胡进的部署，刘世平与黄萍签署了萍姐日化用品销售部独家代理"芬芳晨露"洗发水的合同，天成的产品总算是可以面向市场了。

刘世平是一个乐天派，什么事情他都喜欢朝最好的方向去预判，当他把第一车货拉到黄萍租用的仓库，看到"芬芳晨露"赫然摆放在销售部柜台中央后，便深信，"芬芳晨露"很快就会走进全县的宾馆和理发店。

想象很美好，现实很骨感。一个星期过去了，销售额不过三千元；半个月过去了，销售额勉强过万。刘世平期待的局面并没有出现。一个月过去了，盘点下来，"芬芳晨露"的销售额不足五万元，竟没有达到销售部过往洗发水正常的销售额。

这一结果显然是令人失望的，天成日化从开业至今仅仅实现销售额五万多元。如此惨淡的经营结果已使企业深陷困境，眼下是仓库里、车间里堆满了产品，流动资金已经枯竭，职工的工资只发放了一个月，企业已经丧失了保运转的基本条件。

屋漏偏逢连夜雨，在这个节骨眼上，外面欠着的三十多万元的原材料款的两位债主几经催讨无果，已来到公司，点名要见胡总，否则要堵门断路，让公司好看。

此时，公司上下忧心忡忡，一股悲观失望的情绪在潜滋暗长。面对这严峻的形势，胡进特意召开了全厂职工大会，会上他表现出出人意料的乐观与自信。他一如既往地用那富有说服力和煽动性的语调，告诉全体员工："你们不要光看我们的销售额没有达到理想的预期，要静下心来分析一下我们的产品投放市场后销售额的变化，从三千到一万，再从一万到五万，这种变化仅仅在一个月发生，这成倍的增长态势，清楚地说明了市场在快速接受我们的产品，只要我们再努一把力，成功就在眼前。请大家记住今天我说的这句话，我们正处于黎明前的黑暗时刻，天成日化即将迎来霞光满天的黎明！"一席话，又点燃了大家心中的希望。大家信心百倍地回到了工作岗位。

紧接着，胡进主动会见了两位债主，几经磋商，胡进同意先给他们二十万元，一个月后结清尾款。

当年这二十万元可算是一笔巨款，尤其是对于已山穷水尽的天成公司来说，要凑到这笔款项比登天还难。胡进心里很忐忑，他找来了几位公司核心人员，与他们商量怎么应对，实际上是希望大家共同解决眼下的难题。邵红艳果断提出，企业核心人员在这关键时刻要体现担当，用行动来表明态度。同时她还提出让全员都知道当前公司的难处，号召大家同舟共济，共渡难关！在场的各位都纷纷表示，不遗余力，助公司渡过难关。胡进对大家的举动感动不已，他几乎有些哽咽地说："既然大家都把自己当作公司的一员，我们就是一家人，我索性擅自做主把大家绑在一条船上，这次投入凡是在一万元以上的，只要愿意，就作为加入公司的股本金，从今往后，我们有福同享，有难同当！"

接下来的情形更让胡进不可思议，只是由邵红艳副总在职工大会上做了一个简单的动员，在表明完全自愿投资的情况下，全公司每一名员工多则五千元，少则两千，十分踊跃地上交了集资款。

邵红艳除了自己几年来的所有积蓄一万元，还向亲戚朋友借了一万元，率先打到公司的账上。其他几名副总也不甘示弱，投入资金都超过了万元。最让人们没有想到的是，尚未加盟公司的黄萍竟拿了五万元表示要投资天成。这一举动简直叫胡进受宠若惊，他深知，这既是一份信任，更是一份信心，他欣然接受了这份沉甸甸的投资款。

仅仅只是两天时间，加上胡进向外拆借的十万元，公司上下共筹措资金三十四万元，不仅解决了当前的债务危机，公司的流动资金短缺状况也得到暂时的缓解。

筹得款项，理顺公司的一些棘手的事务之后，胡进就带着刘世平前往萍姐日化用品销售部，他想考察一下市场。见到黄萍，胡进笑容可掬地说："黄老板到底是资深花旦，看上去果然是光彩照人，生意也做得风生水起，既是美女又是才女啊！"黄萍应道："胡老板过奖了，一点小生意赚点生活费，惭愧！您百忙之中光临小店有何指教？"胡进将话锋一转，切入正题："我今天来是向你讨教的，你多年从事日化产品销售，就你看，有什么办法加快我们产品的销售进度？"黄萍略加思索，说道："说实话，作为独家代理，这些天来我也在思考这个问题，既然今天胡老板专程前来听意见，我就不谦虚了，说点不一定成熟的建议。依我的经验来看，'芬芳晨露'是一个相当好的产品，无论是价格还是质量都有竞争优势，现在关键是市场还不了解它，只要在我这里买了产品的，回去用了都说好，我们当务之急是让消费者知道这个产品。做广告，目前公司无论是规模还是实力都还没有达到那个档次，我建议，公司组织员工将产品直接送到指定用户群，点对点地做个广告宣传。"刘世平听罢，立马接过话茬："我怎么没有想到这一招呢，好主意！只是……"他看着胡进，胡进问道："只是什么？"刘世平道："只是公司人手有限，短时间跑不完那么多酒店和理发店。"胡进回应道："那没有关系，你赶紧做个方案，起草一个广告词，印个五千份，人员由我来调配。"

两个人马不停蹄地赶回公司，刘世平很快就拟出方案，胡进迅速从公司抽调了十多名精明强干的员工，经过短暂的培训，实行分片包干、责任到人的方式，让他们带着产品和广告奔向指定的客户群。

医学诊疗讲究对症下药，企业经营又何尝不是如此。黄萍为天成日化支的这一招可谓点灯拔火罐——当面见效。走访客户群后的当月，"芬芳晨露"的销售额直线上升，达到二十万元，下一个月便突破了三十万元。天成日化总算走出低谷，迎来曙光。

攀升

那一年，天成日化仅有的一条生产线理论上的设计产能为可创五百万元产值的产品，但以目前公司专卖店的销售发展趋势，即便是满负荷生产也难以满足市场需求，更不用说拓展市场后的情形了。然而近一年的折腾，让公司一部分人产生了小富即安的思想苗头，有人甚至公开提出就这样慢慢来，过点小日子挺好，没有必要再去拼命了。胡进压根儿没有这样想过，就在公司刚刚实现突破、有些人想见好就收的关头，胡进提出了一个宏大的远景规划，通过两到三年的努力，将天成日化打造成为销售额过千万元的企业！这一目标既让有些员工心潮澎湃、热血沸腾，也令部分员工瞠目结舌、感到不可思议。

胡进没有理会那些是是非非的议论，一门心思地围绕这一宏伟目标开始了自己的行动。他足不出户，把自己关在办公室冥思苦想，连进餐都叫人送进来。有人好奇地问送饭的小伙，胡老板这样神秘兮兮地把自己关在办公室究竟在干什么？小伙子摇摇头说："不知道，只看见老板在一张地图上画了好多红圈圈。"直到第五天，胡进才走出办公室，召开了公司领导层会议，会上对公司领导班子做了微调，吸纳黄萍加盟公司任副总经理，与刘世平一道主抓公司销售工作。提出了巧抓机遇，超前运作，抢占低端市场，擦亮"芬芳晨露"品牌的经营思路。同时高调提出了立足湖北，走向全国，三年内打造千万元企业的奋斗目标。

会后，胡进把邵红艳、刘世平、黄萍留下，继续研究工作。他先是对两位销售经理说："销售是企业的龙头，打造千万元企业的目标能否实现，主要看你们了，在此我全权拜托你们！这里先把公司销售计划书发给你们，我已经将全国市场划作南北两片，想请刘总负责南片，黄总负责北片，具体运作办法就是以公司在汉州县取得的成功经验为借鉴，你们再去一个地方、一个地方地攻城略地，把市场拿到手。人手你们自己去招募，要钱按公司既定的财务制度走程序后找邵经理。遇到重大难题找我。"说罢，胡进朝他俩笑了笑道："从今天开始，我将随时关注你们两个片区的销售进度表，每月会召开一次销售调度会。所以你们可要明白，从今往后，你们可不光是携手并肩的战友，还是一比高下的竞争对手哦。"

外行看热闹，内行看门道。在胡进看来，两人的实力比较，黄萍略胜一筹，尽管刘世平脑袋瓜子活络，点子多，但黄萍不仅拥有得天独厚的资源优势——原来她所经销产品的一些厂家间或会组织一些促销会、外出旅游等活动，让她接触了一些不同区域的同行；而且她从事过多年销售工作，路数熟。胡进正是看好黄萍这些优势才义无反顾地对她委以重任。接着他又对邵红艳说："你的任务是认真研判整个计划的资金需求与调度，优先满足销售资金的供给。"

听了胡老板的一席话，再看了公司销售计划书，刘世平和黄萍都感到时间紧、任务重，压力巨大。但他们还是有信心的，信心来自胡总及公司强有力的支撑，来自行之有效的经验。

而黄萍出征前的一个举动着实让胡进感动。为了公司利益，黄萍毫不吝啬地把属于南方区域的人脉资源和盘托出，交给了刘世平。

黄萍把拓展市场的第一站选择在了省城，她想先拿下个大馅饼，给公司奉献一份大的见面礼。她来到江城最大的小商品批发市场——楚汉街批发市场，找到了几年前结识的一位同样经销日化产品的朋友，说是来考察一下市场。这可是一个海量的市场，成千上万家商铺云集其间，拿汉州县小商品批发市场与之相比可谓小巫见大巫。

在朋友的引导下，她参观了日化市场区域，发现这里拥有的近五十家日化产品门店都是在做批发，而且各个门店分工明确，每个门店只做一个品牌。在行进中黄萍随便问了几位业主，他们都表示不愿意接受新品进场。朋友告诉黄萍，眼下日化产品尤其是洗发水，只要是进场销售的，生意都不错，大家已经做顺手了，加上日久天长，他们也与供应商建立了比较稳固的利益链，排斥新品是理所当然的。

一天跑下来，黄萍发现眼下这种状况与她初来时的想象相去甚远，但她不想就此放弃，还是千方百计说服她的朋友，以代销的形式接受了公司的产品。

省城也实在是太大了，酒店和理发店数十倍地多于汉州县，光星级以上的酒店就有二百多家，上档次的发廊也有三千多家，黄萍手下不过六人的销售队伍，就是用一年的时间也消化不了这些客户。黄萍先是按规模将酒店和理发店分成大、中、小三类，要求业务员试探性地分类走访几家，再确定要大规模走访的客户，入户宣传。

几名业务员回来反馈的意见基本相同，高档酒店和发廊普遍门难进、脸难看，一个小小的业务员根本见不到拍板的领导；中档酒店和发廊看运气和对方的心情；

低档的好说话些，基本上还会耐心听他们的介绍。黄萍根据业务员反馈的意见，下达任务要求所有业务员用最快的速度完成低端客户的走访任务。

刘世平与黄萍的出发点大相径庭，他把打开局面的第一站选择在了紧邻汉州县的楚江县。这个县人口、行政区划设置与汉州县相差无几。与黄萍介绍的熟人接上头后，他得知对方也姓刘，叫刘江，于是立即打起亲情牌来，一口一个本家地将对方请到一家小酒馆，边小酌边绘声绘色地讲起"芬芳晨露"在汉州县市场火爆销售的故事。见对方已经为之所动，便趁热打铁道："你的机遇来了！只要你独家代理我们的产品，保你一年成为楚江县日化销售大王！"他用那三寸不烂之舌很快就把对方煽动得热血沸腾、跃跃欲试。见游说已经到位，他又叫了一辆车把刘江拉到汉州县，让他参观了公司和"芬芳晨露"销售部，还刻意让刘江在销售部观察体验了一天。询问了几位前来进货的客户后，刘江更加信心十足了。不等回到楚江，他就与刘世平签下了独家代理"芬芳晨露"的合同。

接下来，刘世平组织手下的业务员不到半月就将楚江县域内所有的宾馆和理发店造访了一遍。

黄萍还在省城作困兽斗的时候，刘世平已马不停蹄地在开辟下一个战场了。

第一次销售调度会，刘世平开拓的第一个区域楚江县当月实现销售额八万三千元，第二个区域也开始产生过万的销售额，成效明显。而黄萍还在省城搏杀，销售额不过三万四千多元。刘世平显然占了上风。听完两位销售经理的汇报，胡进没有刻意去褒贬谁，看着刘世平一脸得意的样子，只是轻轻地说了句："大家都很努力地开了个头，判断谁胜谁负还为时过早。"接着他话锋一转："看来我们这个产品对大中城市还是有点水土不服。应该在县市这个层次上下功夫，你们每到一处务必夯实基础，站稳脚跟，待在一个省内拿下二十个以上的县市后，再考虑由公司在这个省城设立一个大的批发中转窗口，这样既方便各个经销商进货，又可减少公司的物流成本。你们觉得如何？"胡进的观点得到了与会人员的一致认可。胡进接着说："按目前的发展趋势，公司两年就可以实现销售额过千万的目标，我要把很大一部分精力用在公司扩规上，这销售上的事就全权拜托你们二位了。你们也不要只顾攻城略地，还要注重收集用户对产品的意见，诸如香型的多样化、增强洗发后的蓬松度等，将这些意见及时反馈给产品开发部，由他们及时改进配方以尽量满足客户的需求。"

厘清思路后，公司的销售工作迅速走上正轨。随着销售区域的拓展，到第二年底，销售额直逼千万，前来拉货的车辆只能到车间直接调货，有时还要等上一两天。公司为了满足销售需求，只好扩招员工，变过去的两班为三班倒，设备完全处于超负荷运转状态，公司呈现产销两旺的良好局面。

又到了春节，胡进忙得不亦乐乎。大年三十，在职工食堂开了团拜会。团拜会由刘世平和黄萍策划，表演了几个喜庆有格调的节目，刘世平和黄萍发挥各自专长，一个吹、拉、弹、奏叫人赏心悦目，啧啧称赞；一个地方戏、通俗歌曲曲曲精彩，打动人心。两人占尽风头，赢得满堂喝彩。

团拜会最后安排的是胡进登场。在热烈的掌声中，胡进走上舞台，他慷慨激昂地讲道："团拜会公司年年开，今年与往年不同，经过大家的努力，我们的销售额过了千万这道坎，可喜可贺，这里要特别感谢销售团队，今天公司就要兑现承诺重奖这些功臣！"

覆盖着鲜红绸布的主席台条桌上摆放着一摞鼓鼓囊囊的红包，获奖者按主持人的指引，有序上台，满心欢喜地领取红包。获奖的状元当然是刘世平和黄萍，他们最后双双登台，由胡进亲自为他们佩戴了一朵大红花，颁发了一张大奖状，奖状上写着"授予'金牌销售'奖金三万元"。两人双手托着奖状，分立胡进左右，让厂里的摄影师为他们拍照留念。场下职工欢呼雀跃，掌声雷动。

接着胡进与全厂员工一道吃了一顿丰盛的团年饭。

大年初一，胡进依然在家里招待他的学生，但今非昔比，不仅酒和菜都上了档次，前来拜年的人员也增加了。刘世平、黄萍、林守业、胡业成也加入了给胡进拜年的行列。胡进特意把田斌叫到自己身边坐下，率先举起酒杯对大家说："经过本人多次做工作，田博士终于同意将他提供给公司的配方作为技术投资入股了，我带领大家先敬新股东一杯！"喝完这杯酒，胡进又道："我们今天的主题是叙旧，不谈工作上的事，大家酒喝好，聊些轻松的话题。"

酒过三巡，田斌还是忍不住对胡进说："胡老师，看您这架势，好像成就感爆棚了，您可不要满足现状哦，搞企业不进则退啊。"胡进笑着说："你提醒得很对，放心，我不是一个容易满足的人，一个宏伟的蓝图已经在我心里绘就，一开年，公司就会着手实施。"身边有几个学生马上问道："什么蓝图您能否透露让我们先听听？"胡进笑着说："再过几年，你们将在一家亿元企业里给老师拜年！"

扩规

1995 年 3 月初，生产厂长林守业向胡进呈交了企业扩规的可行性报告。两人经过认真研判后，于 3 月中旬，公司召开例会，林守业又专门做了关于公司扩规的报告。报告围绕公司三年过亿的目标，抛出了扩规后公司的总体规划图，决定扩规分两步走：第一步实现日产洗发水五吨的目标，力争在当年10月实现。考虑到当前企业实力有限，第一期投资按照厉行节约、因陋就简的原则进行。这一期暂不考虑办公室、员工住宿改造等基建投入，征地五十亩，先只在这块地上做一间可容纳两条生产线的四千平方米的钢构厂房，上第一条生产线，完善水、电路等用于生产的配套设施，保证建成后能投入生产。第二步如果公司销售实现预期，就在第二年3月再上一条日产五吨的生产线，一并完善公司的其他配套基建设施。

经过初步预算，第一期工程需投入资金八百五十万元，其中固定资产投入需四百万元，流动资金不少于四百五十万元。而目前公司保证正常运转后可拿出二百万元用于固定资产投入，尚有二百万元的缺口，加上新的生产线开始运营后必须补充三百万元以上的流动资金。如何突破资金不足这个瓶颈，是摆在公司面前的巨大难题。

胡进首先想到的是银行，天成日化已经运作三年多，公司是在赵家镇上县农业银行延伸的办事处开的户，是该办事处名副其实的大客户。会后胡进与邵红艳去了办事处，办事处主任王鹏十分热情地接待了他们，还套近乎地与胡进说他儿子曾是胡老师的学生。听罢来意，王鹏一脸为难地说："胡总啊，我可没有贷款权，这样，你们打一个报告，我一定全力以赴到县行里争取一下。"胡进和邵红艳只好按要求提交了一个申请二百万元贷款的报告。按照王鹏的说法，走程序至少要一个月。胡进要邵红艳盯着，同时也做了最坏的打算，开始通过其他渠道筹措资金。

借鉴上次筹资的经验，胡进想到了眼下已有的三十多个经销商，基于公司产品畅销加上货款从他们手上流动的现状，他果断出台了按年息百分之十向经销商拆借建设款的政策。结果公司很快从经销商那里筹措到资金二百万元，有效地解决了固定资产投入的资金缺口。

他又通过镇里争取到招商引资政策，减免了所征土地出让金五十万元，为公司建成运行打下基础。

公司定在 3 月 18 日新厂房破土动工。

腾飞

那一年少雨，新厂房建设进展顺利，整个工程提前二十天完成。新招的员工由林守业带队，提前在设备商那里进行了为期十五天的培训。设备经过供应方厂家的安装调试，试运行状态良好，公司可随时开工生产了。

胡进选定 10 月 18 日那天上午八点启动新的生产线，启动前，胡进对行政主管胡业成交代，新厂开工之日要弄出点仪式感来。

18 日上午七点五十分，当胡进带领公司一百多名员工走进新厂房时，只见厂房内外彩旗飘飘，车间东西两头墙的上方挂着醒目的标语。东头一条写着：齐心聚力，奋力拼搏，打造亿元天成。西头一条写着：精益求精，讲求完美，擦亮"芬芳晨露"。林守业把西装革履的胡进请到操作台。八点一到，胡进便潇洒地按下那红色的按键，随着马达轰鸣声响起，这条承载着胡进及公司上下全体员工的希望的日产五吨洗发水的生产线开始运行。

那一年真可谓顺风顺水。随着南北市场的拓展，销售形势持续向好，尽管新的生产线已经在满负荷运转，但供不应求的情况还时常出现。为了减少物流成本，公司购买了二十辆运送产品的卡车。

持续的满负荷生产导致流动资金严重不足，可农业银行的贷款至今没有下文。邵红艳几乎是隔三岔五就去一趟县农行，胡进也去过两次。银行总是回话说公司没有抵押过不了贷审会，这等于是已经回绝了公司贷款的请求。

在贷款无望的时刻，邵红艳急中生智，使出一招，让胡进大加赞赏。她通过认真分析公司各直销点的现实运营状况，发现有些地方有另外的商家主动找到公司表示愿意通过竞争取代原代理商资格的现象，提出能否将现在的代理制改为买卖制，即将现在的公司向直营店铺货，将按月结算回款改为直营店用现金购买公司的产品再去销售，或者让经销商先按月拿点预付金，公司给予优先供货。为了保障商家的利益，公司还可以适当降低产品价格，让利销给商家。如果有商家不接受，可以采取竞争淘汰制，让可以接受这些条件的商家与公司合作。

胡进立马在全公司推行了这一销售方式的改革。实践取得了巨大的成功，当时全国近百家直营店基本上接受了这一改革，使得公司的流动资金运转明显加快，资金需求量相应减少，流动资金不足的问题得到根本的解决。

那些年胡进可谓天时地利人和。2002年8月，天成日化顺利完成了第二期扩规的工程，这一工程的建成投产意味着公司已经拥有过亿的生产能力。同时，经过刘世平和黄萍多年的打拼，一张层次分明、疏密有致的销售网络也已经织就，天成日化在全国建立起省级总店二十四个，县市级直销店三百多个，"芬芳晨露"已经进入千家万户，成为全国低端消费者最受欢迎的品牌。

为了满足市场的需求，公司在原有产品洗发水的基础上，又开发了"芬芳晨露"牌沐浴露，这一产品在洗发水的带动下很快被消费者认可，赢得了市场。到2003年底，天成日化便实现了销售过亿的目标，当年的销售额高达一亿四千七百万元。

铸魂

就在2003年春节，春风得意的胡进按几年前的约定宴请了与他保持密切来往的学生。这次宴请已经不是在当年胡老师那贫寒的家里，而是在公司于新厂区职工食堂内装修得十分讲究的一间贵宾接待室，还特意请了专业的厨师来主厨。

那天宴会前来的学生比往年要多，二十个席位全部坐满。公司的功臣也是股东之一的田斌坐在胡老师的左边，坐在胡老师右边的是邵红艳。胡老师告诉大家，待会儿刘世平、黄萍、胡业成、林守业等公司高管也会前来和大家一起欢聚。大家好不容易聚在一起，兴致都很高，说话也随意些。谈到深处，一位近年来第一次参加聚会的学生突然问邵红艳小孩多大了。邵红艳很不好意思地回答："我婚都没结，哪来的孩子！"那人紧追不舍地说道："你已是身价不菲的富婆了，大把的青年才俊都可以信手拈来，还犹豫什么，该出手时就出手啊！"邵红艳有些不快地怼了句："我不找人不结婚关你屁事。"知情的人都把目光投向胡老师，胡老师也不说什么。正好公司的几位高管结伴而至，打断了这个话题。

所有人都到齐后，厨师让大家再稍等会儿就上菜。见还有一点时间，有一位正在与他人合伙创业的学生见缝插针地对胡进说："胡老师，正好我想请教您，把企业做大做强的诀窍是什么？"这位学生只是随便问问，没有想到他这一问竟打开了胡进的话匣子。在座的原以为胡进会讲些企业经营的精彩故事，没有想到他说："企业要长足发展，历久不衰，除了拥有一个鲜活的血肉之躯外，还须赋予它一个生生不息的灵魂，这个不灭的灵魂就是企业文化。"一席高深莫测的话语使在座的各位一下子陷入云雾之中。

见大家都用诧异的目光看着他，胡进便接着说："只要是我们公司的人都知道，这些年来，每年公司的高管和我都会在大年三十和全体职工一道吃团年饭再放假；也知道每一名职工生日公司都会赠送一个蛋糕一束鲜花；还有，这两年职工结婚公司专门配置了可供长期居住的婚房；同时，为了让职工老有所养、病有所医，公司为职工全员买了社会保险。可以说我们公司从组建之日起，处处体现对职工的人文关怀，这就是公司一以贯之倡导的家文化，让职工在公司体验到家的温馨。"

见大家目不转睛地听着，胡进讲得更来劲了："想要在瞬息万变的市场中立足，我们公司在生产和经营上总是采取以变应变的策略，但有一点是不变的，那就是无论是对员工、对商家、对客户、对消费者，可谓一诺千金，绝不改变。这就是我们公司的诚信文化。"

到底做过多年老师，胡进讲话十分流畅，阐发的观点也入情入理，且能给他人以启迪。看大家还兴致盎然，他抿了一口水，接着说道："这些年来，特别是公司情况好起来的这几年，我们公司投入了近百万元，为企业所在地的村修桥、改水、修路，我们还投入五十万元作为赵家镇助学基金，资助贫困家庭子女就学，奖励本镇考入重点大学的学生，在全县开展了敬老爱幼好家庭评选及颁奖活动，这就是我们公司的感恩文化。"

刚讲到此处，胡进见服务员已经将香喷喷的菜肴端上桌来。于是，他话锋一转，笑道："今天大家不是听我做报告的，是来聚餐的。"随即端起酒杯，站起身来，抬高声调道："鄙人备薄酒一杯，对各位的光临表示感谢！祝各位新春愉快！"

思变

毋庸置疑，天成日化经过十多年的艰辛努力，完成了一个由量变到质变的转换，到2004年底，公司的销售额突破两亿元，在汉州县贫瘠的工业土壤中异军突起，一跃成为全县一颗耀眼的明星。

回顾这些年走过的路，给人的感受是，这一切多么来之不易。然而接下来的一系列变化又让胡进感到来得那么容易。

2004年初，县工商联换届，胡进被推上了会长的位置。

同年初，胡进当选为省人大代表、县人大常委会委员。

也是在这一年，胡进被评为省劳模。

面对这些突如其来的变化，胡进头脑反而冷静下来，他觉得越是在顺风顺水的时候，越是要居安思危，不能飘飘然失去理智。他为自己定下一个规矩：尽量减少事务性的应酬和迎来送往的礼数，腾出更多的时间运筹公司的生产经营与发展。

不管他的身份、地位如何变化，在公司的发展上，他初心不改，想千方百计将企业做大做强。2004年公司销售增长率没有达到预期，2005年对比上年还回落了两个百分点，面对这种局面，刘世平和黄萍认为这是由于这些年来公司的产品一成不变，被其他新冒头的厂家生产的有创意的产品挤压，使得公司的销售空间变窄所致。公司应该扬我所长，利用现有成熟的市场、固有的优势，在产品的更新换代上下功夫，夺回并扩充市场。胡进一方面采纳了他们的意见，对现有的几款产品进行了改造升级；另一方面他认为本公司的产品在市场上的潜力是有限的，公司应在立足巩固现有生产经营的基础上，另起炉灶，寻求新的发展路子。基于这个想法，他开始了新的探索。

决断

胡进产生另起炉灶的想法也不是空穴来风，他认为企业要做大除了自身的发展思路正确以外，还要有一个好的发展环境，眼下公司尽管发展得不错，但毕竟在一个偏僻的小镇上，这些年他经常碰到一些客户来到公司后对公司所在地过于偏僻、交通不太方便颇有微词的情形。

刚好这时县委书记陈亮两次莅临天成公司考察，通过正面接触，胡进对陈亮非常佩服，认为这位领导不仅平易近人，在工业生产经营方面也有很深刻的见解。陈书记一方面鼓动胡进要加快步伐发展，另一方面明确指出任何一家企业在乡镇发展空间都是有限的，建议他到县城去寻求商机，并表示只要胡进到县城发展，他将不遗余力地予以支持。就是这一席话坚定了胡进进军城区的决心。

由此，胡进开始考察项目，留意县城可供开发的土地。此信息一经扩散，胡进的办公室又开始热闹了，今天有县招商局的人员来宣传县招商引资的优惠政策，推荐县开发区的土地；明天又有企业老板上门或要求与他合作经营，或兜售自己的企业，请他并购。一时间，弄得胡进眼花缭乱，无所适从。

这一天，县委书记陈亮部署了领导班子成员下基层调研活动，他把自己的第一站安排在了天成日化。见到胡进后，陈书记十分亲切地说："胡总啊，今年全国人大换届，要求各地推选全国人大代表，市里给我们县一个基层代表指标，我们班子开会研究认为，你是很合适的人选，我已经要求组织部按程序做好考察和推荐工作。这可是党和人民对你的高度信任，你一定要加倍努力，为县工业经济发展做贡献呀！"陈书记一席话，令胡进受宠若惊，热血沸腾，他立马回应道："我一介平民，穷教书匠出身，哪堪此任，实在是承蒙组织抬爱！请放心，我一定不辜负组织的希望，为县工业经济的发展尽绵薄之力！"

说到此，陈书记话锋一转问道："你不是想在城区发展吗？现在倒是有一个机会，县里有一家日化工厂，是做洗涤用品的，由于经营不善已经停工停产一年多了，我觉得你有盘活这家厂的能力。"胡进说："这个厂我知道，是由一家国有企业改制的，由原厂长接手。结果不知为什么没有做起来，听说债务包袱还很重啊！"陈书记说："是的，但资产还是十分优良的，主要设备都是国内最先进的，如果你有兴趣接手，我愿意帮助协调一下，尽量减、免、缓企业的一些债务，再出台一些扶持政策，让你轻装上阵，再搏一把！"县委书记的表态，让胡进心动了，他对陈书记说："既然您说到这个份上，我就义不容辞了。"

胡进迅速将五个股东召集到一起开会研究。在股东大会上他提出了公司立足日化，多业发展，接盘县日化厂这一议题，其间重点强调了县委陈书记将对公司盘活县日化厂予以鼎力支持的态度。让胡进没有想到的是，议题一经提出，便遭到刘世平和黄萍的激烈反对，他们坚持认为即便要在县城发展，也只能是在洗发水系列产品上做文章，因为这是公司的根基和优势所在，现在公司要接那个烂摊子，风险太大。在座的胡业成和林守业两位认为刘世平和黄萍说得有一定道理，又不敢得罪胡进，便以平时只专注自身的业务工作，缺乏对这些重大课题做出基本判断的能力为由，索性表示拿不出什么意见。好在邵红艳见胡进的脸色难看，立即发表了力挺胡进的观点。

胡进见大家已经发表了各自的观点，最后说："大家的心情我还是理解的，眼下只要守着手头上的一亩三分地就可以过安稳的日子，不必再去冒风险。我常说，企业发展，不进则退，商机稍纵即逝，弥足珍贵，我们现在面对新的机遇没有放弃的道理。对这个企业我前期已经做过大量的考察论证，心里有底，这一点请大家放心。既然我们走到一起，大家还信任我，公司收购县日化厂这个事就这样定了吧，大家有不同的意见可以保留。具体实施过程中我们还需根据对方的具体情况，再开董事会商议。散会！"

突围

在胡进答应接盘日化厂后，县委陈书记没有食言，在他的指示下，县里专门组成了一个盘活县日化厂工作专班，由一名县政府办公室副主任牵头，有县经委、公安、土管等相关部门领导参加。他们进驻日化厂推进并购，给了胡进莫大的信心。

留守的县日化厂厂长姓刘，名鹏，五十四岁，秃顶，肥头大耳，酒糟鼻，一张阔脸看上去很油腻。尽管把一家厂倒腾得一塌糊涂，但看不出有什么烦恼和沮丧，总一副满不在乎的样子，乐呵呵的，仿佛就是一个弥勒佛，喝起酒来更是豪情万丈。初次接触，胡进暗想，难怪这家企业弄成这样，这刘鹏妥妥的就是个草包，由此看来这家企业还是有救的。

然而胡进第一次到日化厂去考察设备，对刘鹏产生了不一样的感觉。那天他带上了自己的生产厂长林守业，起初刘鹏在胡进一行人面前像个小丑，一脸谄笑，屁颠屁颠地跟着。一进入车间，他便开始吐词清晰地介绍起设备的状况来，如数家珍，头头是道，与他表面上给人的印象判若两人。林守业提出将设备试运行一下，他十分熟练地开启了一台事先准备好的五吨反应釜，机械运转十分正常。其间，刘鹏一口气说明了这台反应釜的技术参数、日产量，全然是一个行家里手的做派。一番考察下来，刘鹏应付得滴水不漏。这次设备考察结束后，林守业无话可说，给胡进的考察结论是，企业的设备应该是先进而且优良的。

随后，政府专班和胡进委派的邵红艳等一拨人进厂后，请了一家第三方财务审计机构，对企业的债权债务进行全面的盘点。由于账目往来十分复杂，尤其是债务盘根错节，专班足足花了一个月时间，总算将债权债务的数字固定下来。

在工作专班的协调下，胡进和刘鹏进入了谈价的环节。虽然已经有一个审计报告，但在胡进心里总觉得那只是一个仅供参考的理论数值，俗话说，荒货一半价，这压价的空间应该还是很大的。而在谈价的过程中，刘鹏似乎十分尊重胡进的意见，没有刻意拗价，让人的感觉是唯恐失去这次并购的机会。在胡进提出一个标的额后，刘鹏十分大气地说："我没有什么意见，这里面有些债务涉及银行和政府担保拆借的，建议胡总听听工作组的意见，看是否还有砍价的空间。"这句话倒是提醒了胡进，他想起了早先陈书记的承诺，于是转而与工作组接触了。结果工作组很快给胡进交了底，告诉他陈书记早就交代过，只要能清偿当前这家企业的债务，不允许刘鹏或其他任何人再增加胡老板一分钱的负担。

于是大家又坐下来算了笔账，县日化厂账面上债权债务相抵净负债五千四百六十万元，其中，银行和政府平台担保资金三千一百万元，可展期一年，后期只要经营正常，续贷也不成问题。这样下来当前只需支付并购资金两千三百六十万元即可接盘。看政府和刘鹏态度如此诚恳，加上事前他和邵红艳对该厂的土地、厂房、设备也做过评估，保守的估算要超过八千万元，而且具备年创产值十亿元的生产能力。以公司现存的头寸，并不影响日化产品生产经营，所以胡进二话没说答应了下来。

在实施并购前，胡进认真剖析了县日化厂倒闭的原因，认为产品单一，加上成本居高不下，与国际国内同类产品在竞争中处于劣势，同时销售也过于依赖传统的促销方式，没有建立属于自己的网络，导致产品销售受阻。

针对这些问题，胡进电话联系了田斌。田斌回到汉州，仔细了解了县日化厂的情况后，把握十足地对胡老师说："产品我来想办法，销售我们公司拥有现成的网络。您又可以甩开膀子大干一场了！"

在企业设备调试接近尾声的时候，田斌如约再次来到汉州，他还为胡进带来一位尊贵的客人。"这位是陈总，他们公司打造的洗涤产品品牌是国内一线品牌，现在他们生产的十多个洗涤系列产品的配方都是我们研究所提供的，今天我把陈总带来是与天成日化谈合作的。"田斌介绍说。

陈总的到来对胡进来说无疑是雪中送炭，很快两位老总一拍即合，陈总同意天成日化贴牌生产他们的产品，如不贴牌销售，收取一定的贴牌费。

为了保持县日化厂生产的连续性，胡进用高薪将原厂长刘鹏返聘，让他全权负责县日化厂这边的工作。

拥有一线品牌这一强有力的支撑，还有一张完善的销售网络，加上刘鹏以感恩的心态全身心投入，天成日化的洗涤厂迅速打开了局面，实现了量产。当年销售额就过亿元，不到两年光景，全年销售额过五亿元，公司实现了又一次超越。胡进当年就把天成日化总部搬到了县城。

尾声

"一个企业必须拥有自己的品牌"，这句话胡进常挂在嘴边。当年刚接手县日化厂时公司采用了贴牌的战略，用胡进的话说，那只是不得已而为之的权宜之计，其实天成日化的洗涤产品从接盘的第一年就在逐步减少贴牌产品，刻意用自己的商标。他们依旧打着"芬芳晨露"洗涤系列产品品牌，三年后，公司彻底退出了贴牌产品，利用自己的销售网，开始销售自己品牌的产品，不到五年，就实现了销售额过十亿元，并直指二十亿元，让公司的品牌牢牢地站稳了脚跟，也成为全国中低端洗涤市场的主打品牌。

胡进依然保持了每年接待学生过春节的传统。2012年大年初一，在县城天成日化公司总部新装修的餐厅，胡进接待了近二十名前来看望他的学生和公司高管。大家看着年近花甲、已是满头白发的胡进，对他四十岁白手起家，二十年创造辉煌的人生经历，无不敬佩不已，感慨万千。

谈笑间，只见田斌带着一位穿着时髦且得体，长相英俊的年轻人一同走进餐厅。他们满面春风，手提大包小包的礼物，笑盈盈地给老师和在座的各位拜年。胡老师见田斌到了十分高兴，随口道："你总爱迟到，我还以为你来不了啦。"田斌开口笑道："胡老师，这么好的场合能少得了我吗？"接着他把手搭在那位年轻人的肩膀上向大家介绍道："这位是当年让我们贴牌的公司老板，听说我们公司今天有这个活动很感兴趣，同时也是特意来给胡老师拜年的。"胡进和在场的学生为他们的到来而感到格外高兴，几位学生立即搬凳子，腾挪位置让他们坐下。

见美味佳肴已开始上桌，胡进端起酒杯说道："今天是大年初一，每年大家都来给我这个老朽拜年，我想借此机会敬大家三杯酒。这第一杯，是感谢大家这些年来对我坚定不移的支持，没有你们精神上的鼓励和有求必应的扶持，我和我的公司是走不到今天的。"说完他将杯中酒一饮而尽，拿过酒瓶又给自己斟了一杯，接着说："今天，陈总大驾光临寒舍，本人不胜荣幸。过去在我们公司最需要帮助的时候，陈总慷慨地向我们伸出了援手，今后在我们创百亿企业的征途上，我期待着陈总再拉我们一把。下面请大家和我一起给陈总敬下这杯酒！"说罢又干了一杯。接着他又斟了一杯道："这一翻年我便步入花甲之年，应该是安享天年的时候了，但我不想摞下这个摊子，我还想在有生之年把我的公司做大做强，实现 A 股上市、销售过百亿的目标，成为中国民族工业的一面旗帜！请大家为我加油！"

胡进的这三杯酒把在座的全体成员的情绪都调动起来了，大家开怀畅饮，畅所欲言，热热闹闹地喝到晚上十点才依依不舍地散去……

阵痛

一

1997年春节刚过，还没熬到正月十五，张河镇正酝酿着一场巨大的灾难。这个镇上创办最早、固定资产投资额最大、现有职工最多、税收贡献在镇名列前茅的张河镇机械厂，已因资金链断裂，停产一个多月。当企业在运转时，很多矛盾都可以被掩盖。然而，一旦企业停产，所有的矛盾就会暴露无遗。不仅失业的人员天天找领导理论，要债的更是与日俱增，先是有零零星星的债主前来讨要债务，渐渐地，每天都有三五成群的讨债者前来讨债。有索要工资的、有索要集资款的、有索要投资款的、有索要应收货款的，银行也迅速加入了催收贷款的行列，一时间，张河镇机械厂被这些债主围得水泄不通。

为了维护正常的秩序，镇里立即成立了机械厂债务清偿组，驻进了陷入瘫痪而无序的机械厂。从账面上看，企业资产与负债总体平衡，均为四千多万元，作为一个已经停工停产的企业，这些厂房、设备和少许产品究竟值多少钱很难推算。现实情况是厂里连半文钱的现金都没有，厂长已撒手走人，没有了音讯。

不清算不知道，清算下来让人发怵了。该企业光欠员工工资及集资款就高达一千多万元，加上摆在往来账上的各种应付款又是一千多万元，还有银行贷款近三千万元，总债务超过了五千万元。而现存的厂房设备、产成品、零配件及厂房估价不足三千万元，且有高估的倾向。作为一个小小的基层镇政府，面对这巨额的债务，是完全无能为力的。

清算组除了清理债权债务外，还承担着维护企业稳定的工作，他们每天要接待大量的债权人，苦口婆心地做疏导工作，苦于没有任何领导能拍板解决眼下的难题，留守厂里的清算组只能对前来要债的人采取拖延战术，抱定拖一天是一天的态度，让时间慢慢地向前推移。

是福不是祸，是祸躲不过。该来的到底来了。那年2月25日深夜十二点左右，大多数人都在温暖的被窝里进入了梦乡，可是张河镇那晚有黑压压的一大拨人开着货车、手扶拖拉机、人力板车，浩浩荡荡地来到机械厂，这些有备而来的人们，不顾一切地砸开了工厂的铁栅栏门，冲了进去，一场抢劫就这样开始了。

清算组闻讯后迅速赶赴张河镇机械厂，目睹了一场混乱而火爆的抢夺资产的场面。由于前段时间一再地推诿与敷衍，债主们已不理会镇里派驻的这些人的劝阻，继续拆卸着、搬着东西。清算组的几名镇干部只得马上报警，派出所的干警赶到现场后反复要求规范秩序，不允许出现暴力抢劫，并对搬走的财物实行登记制。

秩序勉强维持起来，眼下，总算由无序的抢劫变成了有序的瓜分财产。

经过一天一夜的折腾，张河镇机械厂被洗劫一空，望着空空荡荡的工厂，清算组的干部和派出所的干警都无可奈何地摇了摇头，及时向市里汇报了机械厂被洗劫的情况。

市委书记吴志浩大惊，及时做出决定，免去原镇委书记职务，委派时任汉州市经委副主任的文京前往张河镇主政。

文京是恢复高考后的首届大学生，他一张国字脸，浓眉大眼，一脸不苟言笑的表情总让人平添几分敬畏。他到张河赴任，源于吴志浩书记对他的信任，一年前，文京被吴志浩书记派到汉州市工业第一村挂职，为该村工业经济的健康发展做了大量卓有成效的工作，由此吴书记十分欣赏文京思路清晰且认真干练的处事风格。

临赴任前，吴志浩书记神态凝重、语重心长地对文京说："张河镇工业企业形势十分严峻，机械厂可能只是一个引爆点，弄得不好会接二连三地出现恶性事件，你这次去的重要任务是要把这个镇的企业稳住，不能再出乱子！"

文京在市经委工作多年，他认准一个死理，一个地方要发展不能没有工业，如果工业垮了，这个地方就会走向衰落。赴任前一夜，他毫无睡意，独自一人站在阳台上。那晚满天星斗，春风徐来，凉气袭人，文京手上燃烧的烟头不时在夜色中闪烁。他脑子里回想着吴志浩书记的嘱托，然而他想的更多的是必须义无反顾盘活镇内企业，向张河的父老乡亲，向对他寄予厚望的领导交一份满意的答卷。

二

文京到任后，没有过多地与即将共事的同人寒暄与交流，第二天就一头扎进镇办企业里了。

他首先看了被抢的机械厂，那场面实在惨不忍睹，整个厂房就是一片断壁残垣，几乎所有厂房的瓦都被揭了，可能因为门窗有尚能换钱的钢筋栅栏，每一片残缺的墙面上看不到一个门窗的框。若干堵残破不堪的墙垂头丧气地立在厂房院内，无论是厂房、仓库还是办公室，所有的东西都荡然无存。陪同文京来看的党办王主任一边描述着当时抢劫的情景，一边不停地叹息。文京想，尽管所有的债主都已偃旗息鼓，无可奈何地放弃了追债的念想，但机械厂被抢劫的事件已被深深地钉在了历史的耻辱柱上！他暗下决心，绝不会让这种闹剧在张河重演！

接下来文京计划每天跑两家企业，用一个星期的时间，对镇内十三家企业进行全面调研，文京认为只有弄清情况，才能对症下药，找到解决问题的办法。

然而，他每到一处，几乎清一色看到的是一张张凄苦的脸，一双双哀求的眼睛。他们基本上无暇介绍厂里的基本情况，都像统一了口径似的，向政府要钱，要贷款。

"我们已经被三角债，被回收不了的货款，被来自职工、客户、银行、民间的借贷拖垮了，政府再不出手相救，机械厂的今天就是我们的明天！"

"您是我们集体企业最大的老板、最硬的靠山，企业有难相信您不会坐视不管！"

"早就盼望着您来，您是我们的救命恩人，我们总算找到指望了！"

……

所到之处，文京看到的基本上是失望与无奈，由此他更感觉压力山大。

更有几位厂长，仿佛上辈子就与文京是莫逆之交，才到任的前几个晚上，每当夜幕降临，文京正想坐下来梳理一下白天调查的情况时，宿舍便响起了敲门声，打开门，通常是某厂长神秘兮兮地提着烟酒进来，一是信誓旦旦地表示无条件地服从文京领导，忠心表过之后，再谈本人如何努力将企业稳住没有出现问题，其功劳之大、能力之强，基本让人产生舍我其谁的感觉。落脚点自然是向政府求援，要财政支持，要贷款。

这些厂长把文京看作是救命的最后一根稻草。

当然也不完全是这样的厂长，有两三家厂的厂长，没有向文京伸手要钱，而是讲企业生产与经营。其中镇上的一家骨干企业医用材料厂，是汉州市最早的"三来一补"企业，主要生产医疗用的口罩、手术服等产品，厂长任成霖从建厂到现在都是这家集体企业的经营者。

他事无巨细地向文京讲述了一些企业经营发展过程中的事，给文京留下了很深的印象。他讲市场，该企业产品主要销往日本一家公司，任厂长告诉文京，日本企业与客户的关系非常特别，打个比方，就是一种牢不可破的婚姻关系。要想被日本企业看中成为合作对象非常难，但当成为伙伴，不是万不得已日方是不会轻言放弃的！他说："我们这家客户是一级批发商，信誉度高，从不拖欠企业货款，而且价格高，省内不知道多少家比我们厂实力强的企业竭尽所能想挤走我们取而代之，但客户不为所动，依然对我们不离不弃。"他讲道："全汉州市做医用产品的，都是进半成品再加工成成品，而唯有我们厂是拥有从原材料到生产出成品的能力的，也因此能确保产品品质，从而形成了产品在竞争中的一定优势。"

给文京印象更深的是镇达夫化工厂厂长郑斌。恢复高考的第一年，张河镇中学有位应届生考入武汉大学化学系，毕业后分配到四川省一家化工研究所，他将自己研发的一个产品配方纺织助剂贡献给了家乡，张河镇依托这个优势办起了纺织助剂厂，由此，在纺织界，张河镇名声显赫，无论是内地，还是沿海，只要是做纺织的，没有人不知道张河镇的。

而达夫化工厂的郑斌在此基础上另辟蹊径开发了造纸化工产品，文京到达夫化工厂后，身材瘦小却一脸写着精明的郑斌手舞足蹈、眉飞色舞、口水飞溅地讲他的发展思路。讲他将在现在的蒸煮助剂的基础上再开发脱墨剂、光亮剂、柔软剂……讲到了市场占有率，他说他的产品几乎渗透到了晨鸣、阳光纸业等全国所有的大型造纸企业中。说到这里，他话锋一转，压低声调，试探性地对文京说："尽管有想法，动力不足啊，我的文书记，目前在张河，我这个厂可能是唯一不欠外债的企业，每年上缴税款、管理费也名列前茅。如果您开明一点，把厂卖给我，就等于给了我更大的原动力！我一定能把厂发展得更好！"他还信誓旦旦地表示，如果买了厂，他的目标是打造全国一流的造纸化工企业。听到郑斌这一诉求，文京的心猛地咯噔了一下，马上问道："你愿意买厂？"郑斌爽快地回答："只要价格合理，我求之不得！"文京马上回应道："好的！我一定支持你！"

就在文京到任的第二周，晚上九点左右，正在整理调查材料的文京突然接到一个举报电话，被告知纺织化工厂厂长薛刚将企业主要设备九个反应釜及电机拖走准备卖给外地厂家，车已装完，准备出发。接到举报，文京马上打电话给派出所，要求即刻组织干警上路设卡拦截。文京叫了几名分管工业的干部驱车前往，硬生生地在公路上将已装好的货车拦住，并当场抓了企业厂长薛刚。薛刚曾与文京是初中同学，见是文京拦车十分镇定，对文京说："老同学，我卖设备也是为了处理企业债务，如果你不让卖，我拖回去不就是了，何必如此兴师动众呢？"文京板着铁青的脸，斩钉截铁地说："你个人有什么权利擅自出售集体资产！既然是老同学，你这是拆我的台。"转身又对派出所方所长说："先把他带到派出所依法处理。设备全部押回厂里！"

一场监守自盗事件就这样被及时地处置了。回来的路上，文京的脑海里不断地回闪着薛刚在被带走时那极度仇恨的眼神，一向无所畏惧的文京感到后背有些发凉。

企业调查完成的第一个晚上，文京陷入了沉思。那晚夜深人静、万籁俱寂时，文京独自一人在镇院子里踱步，看着夜幕笼罩着的坐落在汉江之滨的曾有"小汉口"之称的小镇感慨万千，他能让这座小镇再现辉煌吗？此时此刻他深感任务艰巨、压力巨大。回到办公室，文京在日光灯下，写下一份调查报告，对当前镇办企业的现状，文京用了三个词进行了概括：一是对经营状况，政府是雾里看花；二是对企业出现的突发矛盾，政府只能隔岸观火；三是对企业因各种因素而停产关门甚至出现恶性事件，政府也只能是看水流舟。对于解决问题的办法，文京大胆提出从老板这个根本点着手，使企业民有民营，以资本的力量，让企业重现生机。

一石激起千层浪。文京的调研文章在汉州市引起强烈反响，市委吴志浩书记又亲自来张河镇与文京长谈，希望文京能带领张河镇企业率先走出困境，为全市作出示范。临别时吴志浩紧紧握着文京的手态度坚决地说："文京，用改革的办法大胆地去探索，我全力支持你！"

三

在文京看来，由于产权不明晰，在早期，那些不乏无私奉献精神的企业负责人尚能支撑一些时日，然而当他们的觉悟与奉献精神逐步消退之后，集体所有乡镇企业似乎已经走进了一个死胡同。在恶性循环的怪圈中苦苦挣扎了几个回合之后，几乎都面临绝境。要想枯木逢春，必须从产权这个根本的要素入手，只有将产权明晰了，责权落实了，企业才有救。

文京不仅仅在一张张愁苦的脸上看到了无奈与绝望，也看到了希望与曙光。尽管大部分企业负债累累，运转艰难，但经过这些年的打拼，还是为全镇未来的发展奠定了基础，带来了机遇，积淀了财富。

文京首先看到的是一批已经初步懂得工业经济管理的人才，这是最为难能可贵的财富，尽管他们没有接受过系统的培训，但经过多年的摸爬滚打，他们已深谙经营之道、市场之道、管理之道。这些经验的累积可谓日积月累，滴水穿石。

文京还看到现存企业，特别是从"三来一补"中脱胎换骨生长起来的企业，已拥有一批固定的客户和成熟的市场。这也是企业可遇而不可求的无形资产。

文京更清醒地看到，目前在镇内的骨干企业，不仅是这个小镇的一面旗帜，如果给予它们支撑与滋养，它们有可能成为全市乃至全国某一个行业的参天大树。

文京在调查中发现，镇内厂长们尽管在叫苦叫难，但没有一个要撂挑子，都有希望企业起死回生的愿望。

文京厘清思路后，立刻召集镇委班子成员开会，讨论镇集体企业何去何从。会议一开始就弥漫着一股令人窒息的氛围，意见基本上分三派。

关副书记分管农业，他是"50后"，属于老派一点的乡镇干部，他发言时义愤填膺："我建议镇里马上组建企业财务清理专班，对企业的资产、债权、债务进行全面清理，并请公安司法部门配合，义不容辞地追究企业厂长经营亏损、贪污挪用、腐败堕落的行为，以平民怨，从而稳定大局。"

李副镇长分管工业，他比较了解镇工业企业的现状，他反对关书记的说法，他说："现在靠处理几名厂长难平民愤，老百姓要的不是抓几个厂长，他们要的是钱。工人都是要养家糊口的，很多工人身家性命都依仗着厂里，你就是把厂里的厂长和管理人员全抓起来，他们也不会善罢甘休，看是否能将企业的资产有组织地变现，能变现的尽量变现，然后按比例偿还债务，同时，优先照顾企业职工。通过冷处理，实现软着陆，争取让不断激化的矛盾得到缓解。"

"那企业岂不是灰飞烟灭了吗？"文京问李副镇长。见李副镇长不回应，文京继续说道："目前大家一定要看到，镇里的这些企业，不仅仅是麻烦与包袱，同时也是财富。我们现在的任务是要找出一条路，既让企业能继续生产经营，又能平稳过渡！"

文京在班子会上和盘托出了自己的方案："在企业解决深层次矛盾的问题上，首先要明确责任主体，其次政府不能大包大揽，要把球抛给企业，让愿意继续经营企业的厂长们顶住当前的压力，迎难而上，引导企业化解矛盾。然后我们再明确企业产权，要坚定地树立不求所有但求所在的新思维，将企业债权与债务清理后作价给通过招投标走马上任的新业主，让他们成为名副其实的企业全部资产所有者。这种办法说到底，就是改制，将集体所有制企业民营化，实行民有民营，从而充分地发挥新业主的主观能动性和创造力，不仅稳住大局，而且竭力让企业走出困境，再创辉煌！"

文京的改制方案首先在镇一家关停数月的腈纶织布厂开始实施。这个厂家的设备是以补偿贸易的形式落地张河镇的，仅设备价值三百多万元人民币。当厂房与设备全部建成与安装到位之后，由于技术的原因，无法生产合格产品，企业从此搁浅，而补偿贸易由市一家银行担保，对方（日本）因迟迟不见产品，已对银行提起保全诉讼。银行迫于无奈，要求镇里还款，否则对镇内所有企业实施制裁。

镇决定将此项目向社会公开招商引资，公布发出不久，武汉一位黎姓的老板风尘仆仆地赶到张河镇。他直接找到文京，首先向文京陈述了收购企业的理由：一是现存的市场。黎老板已承接省内一段高速公路的工程，为了防止路面上出现裂痕，发包方要求施工方在浇灌混凝土时必须加入丙纶纱纤维，而该设备正是生产丙纶纱的，可以满足本企业当下的需要。二是从发展前景看，丙纶纱是生产汽车安全带、箱包背带的原材料，随着汽车工业的发展，丙纶纱的市场前景光明。接着他承诺除了支付厂地及厂房年租金外，先期偿还银行贷款六十万元，剩下的一年还清。

经过近一个月的调试，工厂迅速启动，开业那天，文京到场，出席了企业的开业典礼，走进车间，他因设备有节奏的轰鸣声而陶醉！

初战告捷，文京采用"一厂一策"的办法，或招商引资，或改变原企业法人厂长的身份，或通过法律程序让企业破产等方式，使全镇八家规模较小的企业生产经营走上了正轨。

四

尽管文京在张河镇成功地盘活了几家小厂，他心中并无多大的成就感。他最大的期待是盘活目前本镇最大的企业——张河医用材料厂。这家市级骨干企业一年给国家贡献的税收近二百万元，占全镇工业税收收入的百分之六十以上。也是当年全市纳税前十名的大户。

而目前这家企业银行贷款达一千七百多万元，应付货款也近千万元，还有大量企业员工的集资款欠账，而企业流动资金几乎为零。当时，摆在政府面前最大的难题是必须让企业运转，只要在运转，债主们就可以看到希望，银行就不会强逼偿还贷款，客户与市场就不会丢失。无奈之下，文京与任厂长一道找到毗邻的杨市镇一家轧花厂借了价值八十万元的棉花，送到邻近的浩江县的一家纺织厂，让该厂将其纺成棉纱后拿回来迅速启动工厂的生产。

万万没想到的是，当棉纺厂将棉花纺成棉纱拖回来时，一整车价值近百万的棉纱竟被一个债主劫持了！任厂长赶到镇里向文京报告这个坏消息时，一脸焦急和无奈。这位债主，也是一个集体企业的负责人，在汉州市西边的浩江县，车是在浩江县被劫的，那里人生地不熟，怎么办？

文京当机立断，组建了一个营救小组，由他本人带队，带上了分管工业的副镇长、派出所所长、办公室主任，赶赴浩江县。

浩江县副县长兼公安局局长是汉州市人，与文京相熟。文京首先登门拜访，找到了江副县长。老乡见面，接待还算热情，也给所辖的派出所所长打了电话，要求他配合做好车货放行工作。

文京总算松了一口气，有副县长的指示，有派出所所长的配合，问题不就解决了吗？他信心满满地来到了劫持货车所在地的派出所，找到了张姓的所长，没想到那完全是一派陌路相逢的架势，张所长一脸不屑一顾的神情，冷冷地对文京说："听说你们欠人家的钱，要放车放货很简单，把钱还清了我负责把车给你们护送到指定地点。"文京说："刚才江副县长不是给你打过电话吗？"

张所长说："江副县长并没有说你们不还钱，我们放车放货，如果江副县长有这个明确的意见，我遵照执行。"万般无奈，文京只好拿起手机，给江副县长打了个电话，没想到江副县长在电话里打起了官腔："文书记，我的所长说得在理呀，你们光屁股蹲茅坑，我不能给你擦屁股啊！"说完便挂断了电话。

顷刻间，文京从希望的巅峰又跌入失望的谷底，看来，此路不通。

正当文京一筹莫展的时候，他带去的派出所所长走过来对文京说："文书记，我有一战友在这个地方做饲料生意，做了这些年已财大气粗，经常向我吹嘘这里的人脉很广，我们不妨找他碰碰运气。"万般无奈之下，文京只好勉强同意："那就死马当活马医，试试吧。"

派出所易所长电话过去，那位老板马上就赶过来了，相互介绍之后，这位陈姓老板信心百倍地说："小事，小事。这位厂长是我的一位弟兄，我马上把他调过来谈，让他立即放行。"

到宾馆安顿下来后，接下来就是焦急地等待。两个多小时过去了，已是下午六点半，易所长的手机总算响了，陈老板告知事情搞定了。

驱车行驶在浩江县大街上，此刻浩江县大街灯火通明，往来车辆穿梭其间，此时的文京心情格外舒畅，他心中暗自感叹，真是山重水复疑无路，柳暗花明又一村！

五

卫生材料厂总算运转起来，但日积月累沉淀的各种矛盾依然在快速地发酵，银行、客户、职工源源不断的要债的队伍让企业和镇里应接不暇。由于资金短缺，设备不能全面启动，生产规模在萎缩，员工也在不断地辞退。

"只有找到大老板，才能让企业彻底走出困境！"文京在工业专班会上恳切地说。经多方努力，张河镇卫生材料厂以其良好的市场，精良的设备等优势被当时全国最大的卫材民营企业保健公司看中，老板季总明确表示了购买企业的意向，通过多轮谈判，已形成初步的收购方案。但在债务问题上双方产生了分歧，保健公司的季总同意接管银行及职工的全部债务，对部分应付货款要求政府承诺用企业应收款来抵消，而新的企业不承担应付货款的责任。

新的企业运转后，旧的企业已不复存在。应收款的主体也将随之消失，如果政府接管，债务将理所当然地落在政府头上，政府以什么身份去替企业收款然后再去偿债呢？文京没有同意这一债务的处置方案。

一些企业的债权人十分关注卫生材料厂改制的进展，有点消息往往会不胫而走，谈判进展情况首先被毗邻的杨市镇轧花厂得知，他们立马认为如果保健公司不接受这笔债务，他们的债权就落空了。

1998年9月中旬的一天早上，文京接到杨市镇委赵书记的一个电话，他邀请文京到杨市镇与他洽谈偿还棉花款的事宜。当时镇卫生材料厂需要棉花，文京找过赵书记，现在要还款，文京责无旁贷，毫不犹豫带着分管工业的同志一同前往。让文京没有想到的是，文京一下车就被镇里两名陌生的年轻人带到一间堆放杂物的储藏间，赵书记冷冷地对文京说："对不起文书记，只能委屈你到这个地方了，你通知镇或厂里赶快筹钱，什么时候把八十万棉花货款拿来，你什么时候走人。"没等文京作任何申辩，赵书记扬长而去。

文京马上明白，自己已经作为人质被拘禁了！

卫生林料厂正因为资金陷入困境而着手改制，那肯定是分文没有的，镇里的财政根本没有这种为企业垫付流动资金的预算，也没有理由为企业偿还债务，怎么办？

文京对看守他们的年轻人说："你传个话，我要与赵书记面谈。"对方付之一笑："赵书记没时间，你赶快筹钱吧！"

好心的赵书记派人搬来两张躺椅，捎信说让文书记将就躺着过夜。夜实在难熬，房间不仅不通风，更没有电扇空调，初秋的晚上依然闷热，加上没有蚊香，蚊子频繁地袭扰，更何况面对当前剪不断理还乱的局面，文京无法入眠。委屈、愤懑、无奈充斥着他的脑海，他深感自己面临的处境实在太难了！如果当时不这样知难而进，让企业自生自灭也许不会落到做阶下囚的地步。但只是一闪念，他马上缓过来了，坚持，一定要咬牙坚持！工业是顶天立地的产业，个人受点磕碰算不了什么！在反复要求与赵书记见面得不到回应后，第二天清晨六点，文京拨通了吴志浩书记的电话，向他汇报了自己作人质被拘禁的处境。

吴书记接到电话后不到一小时，市委副书记张斌就赶赴杨市镇，一到现场，张斌书记立即召集杨市镇班子成员开会，严肃地批评了他们非法拘禁政府工作人员的错误行为并要求他们无条件放人。

让张书记始料不及的是杨市镇早有准备，正当他们在开会要求放人的时候，楼下整个镇政府大院已被黑压压的老百姓围得水泄不通，他们中有的拉着"欠债还钱天经地义"的横幅，有的齐声高喊："还钱放人！"随着时间的推移，场上聚集的人越来越多，事态有些失控。张书记见眼前这混乱的场面，马上请示市委调来附近八个镇办派出所的干警维持秩序，同时敦促杨市镇的干部到现场去做工作，疏散群众。被派下去做工作的干部不一会儿就陆陆续续地返回镇会议室，表示无能为力。

经过多轮斡旋，杨市镇轧花厂作出了一些让步，同意对方在一年内分期付款到位，今天必须支付总额的百

阵痛

65

分之二十即十六万元，剩下的要求政府担保在年底还清。文京同意这一付款方式，也感谢对方的让步，但不同意政府担保。"企业的债务怎么让政府担保呢？"文京对张书记说。而对方不仅要政府担保，还款协议还必须由文京签字，整个局面又僵住了。院内的群众见派出所干警只是在外围观望，也就更加肆无忌惮，闹得更凶了。

见此情景，张书记把文京单独叫到一个办公室，神情严肃地说道："政府担保不等于政府还，更何况再这样僵下去有可能酿成大的群体性事件，后果不堪设想。既然大家搬了一个梯子，你就借梯下楼吧，不要硬顶了！"见张书记说到这个份上，文京十分勉强地在还款协议书上签下了自己的名字，并暂由财政支付了十多万元货款。

一场沸沸扬扬的群体性事件就这样落下了帷幕。曲终人散，文京乘车回到张河镇政府已是下午六点。刚进入张河镇街道口，文京叫停了车，他下车漫步街头向镇委大院走去。走着走着，文京感到脚下的路格外宽广，抬头看天空湛蓝湛蓝的，燃烧的晚霞映红了半边天。行走的人们大都亲切地与文京打着招呼。刚被拘禁了两天一夜的文京此刻骤然感到自由是多么可贵，失去自由对一个人来说无疑是比天塌下来还要可怕的灾难！

经历了这件事后反而更加坚定了文京盘活镇卫生材料厂的决心。他打起精神，赶赴珠海，与保健公司的季总重拾谈判。这次谈判，文京一改通常与老板谈判采取的在商言商方式，确立了以商会友、以诚待人、以情感人的谈判基调。谈判中，他向季总讲述他到任张河镇后着手企业改制的过程中发生的林林总总酸甜苦辣的故事，讲到深处，情不自禁地流下眼泪。他对季总说："很多时候都是一闪念的事，想顶往，很难很难！而一旦轻言放弃，那可能就在一瞬间，前期所有的努力，所有的积淀，所有即将到手的成果荡然无存！"他还对季总说："只有一个拥有坚定信念同时拥有战胜一切困难的勇气的人才能无坚不摧，我就想做一个无坚不摧的强者，怎样才能做到呢？俄国作家托尔斯泰说过：'一个人要强大起来，就必须在清水里洗三次，在碱水里煮三次，在盐水里腌三次！'我现在就体验着这种强大的过程！希望你能理解我，支持我，成全我！"

季总是个性情中人，那一天两个人谈得非常投机，吃过晚饭，两人又在宾馆一间房里继续谈，季总也敞开了心扉，谈自己也曾是一名国有大型企业中层干部，后来毅然下海。他还向文京讲述起自己的创业史，谈创业过程中成功的喜悦与失败的沮丧。两人谈人生、谈家庭、谈事业，一夜无眠。第二天上午，季总与文京全面达成协议，当天在保健公司总部与张河镇政府签下了全面接收卫生材料厂、全面接管卫生材料厂债务的资产转让合同。

卫生材料厂改制大功告成！

六

经过不到两年的努力，张河镇的企业全面启动，充满生机。

1999年7月中旬的一天，镇达夫化工厂的郑斌来到文京办公室，他一落座，就直言不讳地对文京说："文书记，今天我是来向您告辞的，我想把厂搬到上海。这些年您给了我那么多帮助与支持，贸然离开，深表愧疚！"郑斌迁厂的事，文京早有耳闻，这次郑斌来辞行，文京很淡定地问："上海那边的方方面面的事宜都落实好了吗？"郑斌回答："都弄好了，后天起程，今天来也想请您到我家喝一杯辞行的酒。"文京应道："这杯酒肯定是要喝的，企业嘛，像一条鱼，长大了必须到深水里找到它生存的空间，张河镇的水太浅，养不了你这条大鱼，你就放心地去上海发展，我仍然做你的啦啦队，如果在外面发展不顺利想回来，我这里的门永远向你敞开着！"郑斌感动万分，他握着文京的手，双眼湿润了。

时隔不久，张河镇又有两家化工厂迁至广东，文京也专程为他们送了行。当时镇里有人议论这些厂都是得亏镇里改制才给了他们生机，不应让他们走，应该把他们留下来为镇里作贡献。文京在大会上说："任何一家企业，都是社会的共同财富，不管在哪，只要在生产就是在作贡献，我们一定要有大格局，大胸怀！"

1999 年底，汉州市召开企业改制工作经验交流会，吴志浩书记钦点文京作经验交流，在对会议作全面总结时，吴志浩书记满怀深情地讲道："作为基层领导干部，如果你手里捧着的是一泓清泉，就可以浇灌一片绿洲；如果你手里握着一把利斧，就可能制造一片荒漠！在我市多数骨干企业至今难以走出困境的严峻形势下，张河镇的实践给了我们很多启迪，并为我们汉州市擎起了一面旗，亮起了一方镜。"

尾声

历史的车轮已步入 2021 年，张河镇卫生材料厂红火至今，已成为汉州市卫材企业的领头雁。达夫化工厂在上海得到长足发展，已成为名副其实的全国造纸化工厂翘楚，独领风骚。张河纺织助剂也成为全国纺织行业一张闪亮的名片。

中国的经济，尤其是工业经济，在其向市场推进的过程中，曾经历过无数艰苦卓绝的探索与奋斗，也曾有过难以忍受的阵痛，张河镇企业在困境中挣得一线生机，也许仅仅是中国工业经济改革浪潮中的一朵微不足道的浪花，但它一定是那个时代的一个缩影。尽管时间的流逝可以抹去太多的记忆，但这段充满传奇的历史不应被人忘记！

姐娘

楔子

李狗山没有大名和别名。他知道这个名字实在不雅，曾责怪他的父亲，他父亲不无愧疚地告诉他："你前面是两个姐姐，好不容易盼个儿子，所以把你看得金贵，取个贱名好养。"很难有人能像李狗山这样一夜之间出现如此翻天覆地的变化，他那板直的腰佝偻了，齐刷刷的板寸黑发转瞬间苍白如雪，一张光滑鲜亮的腰子脸拉成蜡黄干瘪的丝瓜脸。

那是2021年深冬，李狗山的姐姐李婷在脑出血发病后不到一天，因抢救无效走了……

尽管有几个小伙子拉着，拽着，架着，都止不住李狗山那排山倒海的架势，他扯着嗓子呼天抢地、撕心裂肺地号着，不断地对着姐姐灵堂的地上磕着头，那额头已是血迹斑斑，他悲痛欲绝的思绪犹如一匹脱缰的野马，在那广袤的原野上肆意狂奔，没有尽头！

此刻他深信，从此滋润他的那股涓涓流淌的甘泉没了，他的生命行将枯萎；他感到照耀在他头顶上的那一缕阳光没了，他将在雪雨霏霏、天寒地冻的寒冷中逝去；他感到撑着他的那座巍峨的大山轰然倒塌了，他将跌入一个漆黑冰冷而幽深的洞穴，坠入地狱……

狗山姐姐李婷的灵柩按规定安放在汉州县城关殡葬所五号厅。大厅中央，是一口透明的玻璃棺，经过化妆师打理的李婷神情安详地躺在棺内，她的身上覆盖着一床红底白玉兰图案的缎被。玻璃棺四周摆满了绿草和鲜花。

夜幕已悄然降临，那是个小雪天，寒风瑟瑟，不时有几朵雪花从大门口飘进来。厅内的灯光昏黄暗淡，乍看上去，那吊在厅中央的白炽灯朦胧迷离，仿佛那哭肿了的眼，尽管前来守灵的亲朋在大厅一侧的偏房内搓着麻将，不时发出哗哗啦啦的洗牌声，大厅依然沉寂，只有李狗山一个人跪在姐姐李婷的灵前。

一

"姐姐，你怎么这么突然地撂下我撒手而去呢？"跪在灵前的李狗山对着姐姐的灵柩默默地呼喊着。

狗山是不幸的，当他降临到这个世界时，母亲的生命便终止了，据说是因为产后大出血，母亲撒手人寰。从此，他便成了无娘的孩子。

　　他又算是最幸运的宠儿，出生后，才比他大六岁的姐姐就承担起呵护他的重任。童年的记忆多半是混沌而模糊的，但狗山清晰地记得那一抹碧蓝的天，那一汪清澈的水，那一片一望无垠的绿草地，还有那自由飞翔着的水鸟，那躲闪着在芦苇丛中出没无常的麋鹿和黄鼠狼、野狗与猪獾……

　　姐姐的背也给李狗山的童年留下了刻骨铭心的记忆。李狗山是在汉州县湿地边长大的，也是在姐姐背上长大的，在狗山心里，姐姐那背是一个比天还要宽广的背，是一个能承受千钧重担的背，是一个温暖无比的背。童年的狗山与同样童年的姐姐相濡以沫，姐姐悉心呵护着他成长。他高兴时，在那背上耍欢；他平静时，在那背上安睡；他愤怒时，在那背上肆意地捶打和撕扯。

　　时常可以看到这样一幅画面，一个衣衫并不十分整洁、头发凌乱的小女孩，背着一个满脸写着得意任性的男孩，穿行在湿地大堤外芦苇与绿草丛中，与同村的孩子玩耍、嬉闹。

　　狗山长到一岁，已开始牙牙学语时，村里的干部上门拜访了，按照九年义务教育的规定，姐姐李婷已适龄要报到上学了，爸爸有点犹豫地对李婷说："你去上学吧！我找个年纪大一点的亲戚带他。"

姐姐上学去了，来了个满脸皱纹的老女人，父亲让刚牙牙学语只能叫姐姐的狗山叫她姑婆，他死活都不肯叫，他压根儿不接受这个人，他喜欢姐姐那张总对他灿烂地笑着的脸，他喜欢姐姐那温暖宽广、让他能在上面肆意耍欢的背，他喜欢姐姐用她那小巧的手抚着他，让他在姐姐摇篮般的怀中安然入睡。

于是，从姐姐上学，那个被叫作姑婆的人接手带狗山开始，他就在家不停地哭，不停地闹，总在敞开喉咙号叫着，"我要姐姐，我要姐姐……"尽管被叫作姑婆的人不停地哄着他，与他套近乎，他就是不依不饶，"我——要——姐——姐"。当姐姐放学回家，他不管三七二十一抱住姐姐的腿就不放了。

一个星期下来，狗山的嗓子喊哑了，泪也哭干了，但依然执着地闹着要姐姐，只要叫作姑婆的人想抱他，他便用那双小手去抓去挠，用小腿去踢，甚至用嘴去咬。

那位叫作姑婆的老女人终于扛不住了，她一边收拾着行李，一边对狗山的父亲说："这个小孩我实在带不来，你们再找其他人吧。"说罢，头也不回地走了。

无可奈何的父亲拨浪鼓似的摇着头，把牙一咬，对着李婷道："儿啊，我真拿他没有办法，还是你回来带狗山吧。"

狗山又回到了姐姐李婷的身边，又开始在姐姐的背上耍欢了。

有一年泛区洪水泛滥，整个湿地都被浸泡在水中，水面离挡水堤不到五厘米。

正在河边蹒跚学步的狗山一不小心跌落水中，并不太会游泳的李婷一边高喊救命，一边义无反顾地扑入水中，抓住在水中挣扎的狗山拼命地往岸上推，幸好沿堤防汛的民工较多，有多名好心的民工陆续跳入水中，大家齐心协力，连拉带拽，总算把两个小孩救到了岸边。大家说，要不是这小孩的姐姐，这小子就没命了。这时的狗山在惊恐中哭号着，李婷因溺水后喝水太多昏迷不醒，工地医生迅速赶来，用手挤压李婷的胸口，不一会儿，李婷吸入的洪水大口大口地往外吐，人总算缓过来了。

围观的人长长地舒了一口气，闻讯赶来的家人把两个孩子拖回家中。

二

"姐姐，你不能丢下我走，你走了我怎么办？"狗山还在殡仪馆姐姐的灵前坐着。

因为拥有姐姐的背，狗山到两岁才学会走路，吃饭从来不是自己动手，快到五岁还是姐姐端着个碗，跟在恣意玩耍的狗山后面喂着吃，与邻家孩子打架，因为有姐姐护着，从来都不吃亏。这个荒凉的地方没有幼儿园，狗山也就没能接受幼儿教育便到了上小学的年纪，家里特意在张河镇上租了一间房子，让李婷陪着狗山上小学。上学的那天，李婷把狗山送到学校教室门口，正要离开，只见哭号着的狗山飞也似的跑过来，抱着姐姐的腿，死也不放，不肯让她离开。老师见状，前来劝解，成效甚微，无奈之下只好生拉硬拽，强行将狗山拖进了教室。

也许是没有幼儿教育的基础，抑或是没有学习的天赋，读书对狗山来说，那完全是一种折磨，每次考试，狗山很少有功课能够及格。由于监护他的李婷没有受过教育，因此对他一塌糊涂的成绩是束手无策。

然而，李婷对狗山细心的呵护却让狗山长得格外壮硕，与同龄人相比，他起码要高出半个头。从初中开始，成绩越来越糟糕的狗山便把他旺盛的精力和不断滋长的野性用在了无端地制造事端上。在学校，他成了一位赫赫有名的寻衅滋事的孩子王，经常带一帮学习成绩极差的学生去欺凌弱小的孩子。

"我不要读书！"狗山不止一次地对李婷发出辍学的祈求。逃课、出走已成为狗山的家常便饭。常常是学校以为狗山在家里，家里以为他在学校。上初中二年级，他就开始偷偷地抽烟了，那年他才十六岁，身高已超过一米七五了，体重近八十公斤，长得倒是眉清目秀，一副靓男模样，但骨子里是一匹脱缰的野马，无拘无束、为所欲为。

初三上学期，青春萌动的他开始了对异性的追逐，他对同班叫童心的一个女孩感兴趣，开始，他千方百计在这女孩的面前表现他的威猛与豪气，想引起对方的关注。童心在班上属于学习成绩很好的优等生，肯定不会沾惹像狗山这样的劣等生。不甘失败的狗山见此招不灵，又施一计，主动与童心搭讪。童心依然对他不理不睬。逼急了，狗山一到放学就像跟屁虫一样尾随童心，每次都是尾随到童心家门口后还要在那儿停留半个小时。有一天，他甚至把童心堵在无人的路口，用吞吞吐吐的语言向童心示爱，因童心强烈反对，狗山最终没敢造次。

狗山的行为引起了童心极度的反感，那天回到家里，出于对自身安全的本能保护，她把狗山一段时间以来的种种行为告诉了自己的父母。

童心的父母听完女儿的叙述后，反应极为强烈，当天晚上，童心的父母便带着童心来到学校，找到班主任，反映了情况，要求从重处理李狗山。

校方通知李狗山的家长到学校，而且点名叫他父亲来学校，无奈之下，狗山的父亲第一次作为家长来到学校。校方对他父亲陈述了狗山在校的斑斑劣迹，提出了两条处理意见：一是给予留校察看的纪律处分；二是劝其退学，让他父亲为其另外择校以免在档案内留下案底。

父亲听到老师的数落后恼羞成怒，一回家便将狗山拳打脚踢了一顿，千方百计为他转了校。狗山初中毕业后，在家待了三年，无事可做，姐姐李婷帮他联系了一所技校，让他去学汽车修理技术。

三

夜已深，大厅内除四个守夜人仍然在打麻将外，其他人基本上都去休息了。李狗山依然守候在姐姐李婷的灵前。

狗山上技校那几年，姐姐李婷进了一所学校做炊事员。狗山知道姐姐做的饭菜是天底下最美味的佳肴，她手巧、伶俐、嘴甜，很快成为学校老师口中的阿庆嫂。那些年，每到一个月的二十号左右，便是同学们最羡慕狗山的时候，因为在送到学校的邮件里，总会有李狗山的汇款单，那肯定是姐姐李婷寄来的。那时尽管她每月的工资不过二十四元，却唯恐狗山在外吃苦，每月都给狗山邮寄去五到八元，任狗山花销。

那个年代拥有一份商品粮的户口，又有稳定的工作，加上姐姐李婷正值花样年华，她那张白净的鹅蛋形的脸庞，那一弯如半月的浓密眉毛下一双双眼皮大眼睛总让人感到在传递着温柔，她竟然成为学校很多年轻老师心仪的对象。而李婷却将自己婚姻的大门紧闭，拒绝了不少的追求者、提亲者，她心里牵挂着远在山东上技校的弟弟。直到二十三岁，狗山要毕业回来了，她才开始接触异性，并亮出一个让多数人难以接受的条件：要与我成为一家人必须无条件地对我弟弟好。有人问，什么叫好，她回答，要把弟弟的利益看得高于一切！很多对她有意的年轻人，一听这个附加条件就打了退堂鼓。正在这高不成低不就的当口，狗山回来了，几经波折，好不容易在一家汽配公司找到一份工作。为了拴住他的心，姐姐四处托人，为他找了一个对象。家里及姐姐拿出所有积蓄，为狗山操办了婚事，并在汉州县城为他购置了一套三室两厅的房子。全家尤其是姐姐以为从此将万事大吉，各自安好，万万没想到狗山又演了一出大戏。

参加工作的第二年，先是有小卖部的店主上门找狗山的父亲和李婷要账，说是狗山在小卖部以父亲和姐姐的名义打了欠条。接着宾馆、餐馆的欠条如雪片飞来，家里已是应接不暇。就在全家焦头烂额之际，狗山的岳父满脸写着愤怒地找到李婷家对她父亲说："你的儿子不要我女儿了，我们也不想赖着你的儿子，只是那张纸还在，总不能是一脚就可以踢开的，得要有个说法。"这弄得李婷一家一头雾水，李婷到狗山单位一打听，狗山早已辞职，房子已经低价出售，人也音讯全无。

找同学、朋友打听，都不知道狗山去了哪里，找不到失联的弟弟，李婷终日以泪洗面，整天眼都是红肿的。

大约过了半个月，正当全家人濒于绝望的时候，家里突然接到狗山从云南打来的电话，说是自己因欠钱大腿被歹人打断了，让家里马上汇六万元，不然就会有丢命的危险。父亲电话里说："钱可以汇，你的腿断了在那里怎么过日子，我们过去把你接回来怎么样？"对方沉默。姐姐李婷夺过电话："狗山听话，给我回来，不然你没这个姐姐了。"这时，狗山才应声道："姐姐来，我跟姐姐回去。"

　　李婷和父亲一起如约去了云南，最初没收到六万元，狗山仍然不肯说出自己身处何处，直到钱已到账，他才告诉姐姐，他在云南与缅北交界的一个小村里。

　　经过一路客车颠簸，父亲和姐姐总算来到那个小村，看到了完好无损的狗山。年近六十的父亲气急败坏地冲过去，正要动手打狗山，只见狗山紧握拳头，做好了还手的准备，这时李婷瞪大愤怒的双眼咬牙切齿地吼了一声："你这个狗日的没有廉耻的东西！"一个箭步跨在父亲的前面，对着狗山左右开弓，抡了他几个耳光，因为用力超大，一股殷红的血顺着狗山的嘴角流下来，姐姐李婷并没住手，而且像一头饿狼一样，扑上去，使尽全身的力气，对狗山拳打脚踢起来。狗山不仅没有还手，先前握紧的拳头居然松开了，只是改用双手抱着头，任由姐姐李婷雨点般的拳脚肆意落在他的头上、身上。此刻，姐姐李婷不知从哪借来的力量，她居然把狗山打倒在地，但仍不解恨，继续对他狠踢猛打，直到自己感到手脚酸软才停下来。没等一边围观的人缓过神来，只见姐姐李婷抱着自己的头，放声哇哇大哭了起来，那哭声震天动地、撕心裂肺，被打倒在地的狗山见此情景，竟然从地上爬起来，双手下垂，腿一软，跪在了姐姐李婷的身边……

狗山跟随父亲和姐姐回到了汉州县，也老老实实地向姐姐交代了因为赌博让他债台高筑，因为债主天天逼债，在家无法安身才离家出走。姐姐东挪西借，倾其所有处理完狗山的烂账后，还剩下三十多万元的亏空，这自然也就成了姐姐李婷对前来求亲的人竖起的又一道门槛。

四

时间已至后半夜，换班的人陆续来往于吊唁大厅，他们有人劝狗山回去休息一下再来，但狗山依然坐在大厅内纹丝不动。

通过这次折腾，李狗山开始重新检点自己的所作所为了，他心里在想，再这样混下去不仅对不起自己，更对不起姐姐！

那些年，姐姐李婷尽管看上去依然光彩照人，但随着年龄一天天的增长，加上文化程度与职业等因素的影响，已由白天鹅变成丑小鸭，在婚姻方面居然成为困难户，没有人愿意接受一结婚就负债的现实。尽管狗山表示债由他自己想办法偿还，但姐姐李婷无论如何也不肯降低这个门槛。

终于，有一个人上了李家的门，那是曾与李婷在同一个农场里生活过的高祥，他比姐姐李婷大八岁，离异不久，前妻先是出轨，他原谅了，两人勉强过了一段时间，前妻又嫌他太憨、太老实，死活不回头，离婚后扔下一个孩子，远走他乡。此时的高祥在汉州城关带着一个孩子，守着一个小小的手机门店。

他早年就暗恋李婷，只因年龄悬殊加上自己没有一份像样的职业没敢启齿，也没追求过其他女人。直到开手机店后才找到这个刚与之离婚的小妖精，但是婚姻失败。

高祥做生意还算是一把好手，离婚一年间，他感到手机市场会越来越好，因为手机店过去多数是有钱人和有权人光顾，现在购机的普通人明显多了起来，市场的需求量与日俱增，生意越来越红火。在经前任的折腾之后，高祥产生了找一个勤俭持家、美丽贤淑的女人为伴的念头，这时他自然想到了李婷。他告诉李婷，只要她不嫌弃他是二婚还带着孩子，他愿意答应她提出的所有条件。一根筋的姐姐李婷义无反顾地答应了高祥的求婚。

高祥是一位实诚的男人，娶了他心仪的女人后，便信守承诺，不仅慷慨地偿还了狗山的赌债，而且迅速扩大店面，并将新扩张的一个门店全权交给了狗山。同时，高祥也让姐姐李婷辞去了工作，除打理家务之外，还让她帮忙打理一下生意。

几经折腾，一心想改邪归正的李狗山这次又有姐姐李婷在后面撑着，似乎从此找到了人生的坐标，他开始潜心经营自己的手机营销事业了。

俗话说，浪子回头金不换。在狗山身上，虽然不乏匪气，但他的豁达、果敢与大度以及捕捉商机敏锐的眼光成就了他的事业。

随着手机销量的不断提升，新诞生的手机门店如雨后春笋，竞争日渐激烈，狗山面对这一严峻的形势提出了一些让利销售、广告促销的想法，但这些想法一到高祥那里就被否决了。高祥的理由很简单，在手机进入千家万户的过程中，不用让利，也不需促销，手机自然好卖，做好坐商，把店面管理好就够了。

狗山不甘心，他依然不懈地探索着经营之道，有一天，他突然向高祥提出："我们可以向购机者承诺，只要是在本店购买新手机客户七天内出现故障可以换新机。"高祥立马头摇得像拨浪鼓似的说道："这个风险太大，不能操作！"狗山坚定不移，并找来姐姐李婷一起说服高祥，姐姐李婷说道："现在我们店进的无论是进口还是国产品牌机质量都很稳定，换新机的概率很小，可忽略不计，你大胆承诺！"

结果就这一项承诺一年下来，不仅没有引来高祥想象的汹涌的退机潮，反而使他们门店的手机销量增加了一倍，生意与其他门店相比明显占优势。

有了这次成功的尝试，高祥不再反对狗山的探索了，他逢人就说："我们狗山经理是个经商的料，我这家可要给他当了。"

姐姐李婷也常常对狗山说："只要你认为有益于门店发展的事就大胆去做，你姐夫把家给我当，即使失败了我来买单！有姐姐在身边，你大胆闯大胆试！"

狗山此时放手大干起来，他利用自己的豪爽与大度建立起了大量的人脉关系，主动将手机生产商、移动联通等运营商捆绑起来，在汉州率先开展了购手机送话费活动；同时，他主动派人到生产厂家参加其组织的培训，在汉州建立了首家手机售后服务中心……多项成功的探索使他成为汉州县链条最完整、服务最到位的手机销售商，几年下来他已然成为汉州县最大的手机销售商。他乘势而上，将卖场扩大到汉州县城关各大商场。一个曾经的泼皮无赖狗山，俨然成长为一位名副其实的手机营销精英了。

从 2014 年开始，高祥主动退居二线，不再过问公司事宜。2018 年，他前妻的儿子在上海结婚生子要求他去带孩子，高祥更是拱手将公司交给狗山，带着李婷到上海去了。

五

时已至第二天黎明，东方已现鱼肚色，狗山毫无睡意，依然坐在姐姐李婷的灵前。

随着姐姐李婷的离去，狗山又开始分神了，成为老板的狗山身边的朋友更多了，过去很少交往的鱼龙混杂的同学、生意人等三教九流，纷至沓来，缺少制约的狗山眼下很少有时间去打理生意，成天要么是泡在麻将桌上搏个输赢，要么就在觥筹交错的应酬中买醉，要么就在洋溢着浓浓的荷尔蒙的卡拉OK厅里放飞自我。他的生意开始停滞甚至下滑。妻子劝诫他，他根本不予理会。

2020年春节前的一天，他在一朋友家打麻将，突然听到门外一辆辆拉着凄厉的警报声的消防车呼啸而过，屋里有闲人出门顺着消防车行驶的方向望过去，回到房间，神情紧张地对狗山说："那浓烟滚滚的地方好像是在狗山总店的方位。"狗山毫不在意，继续打着麻将，还是他的一位麻友十分严肃地说："别打了，我们一起去看看！"说罢一把将桌上的麻将推倒，带着大家走到门口。

狗山一看，傻眼了，那不就是在他总店的附近吗？他立即驱车前往。

来到起火的地方，还真是狗山的总店，时值深冬，空气十分干燥，加上持续的晴天，那火势十分迅猛，几个火舌像竞相出头的巨蟒，翻卷着，拖曳着，并伴着浓浓的黑烟。狗山瘫倒在地。

经过消防队两个多小时的艰苦奋战，一场大火总算扑灭了。所幸没有人员伤亡，卖场内价值近五百万元的手机全部付之一炬。加上其他物品，公司损失近一千万元，这一损失对于公司来说十分惨重，无奈之下，他给姐姐李婷打了电话，求她赶快回来，帮他收拾这眼下的残局。

在上海带孙子的李婷接到狗山的求救电话，心急如焚，准备立即动身赶回汉州。当时高祥十分为难，才两岁多一点的小孩正是难带的时候，现在又添了个孙子刚三个月，这里里里外外全靠李婷忙乎，这一走，这一家肯定陷入混乱状态中。但李婷义无反顾，她此刻心中只有弟弟狗山，她恳切地对高祥说："你是知道的，我只有一个选择，你就留在这里吧！"尽管高祥一脸无奈，但仍然支持了李婷的选择。

姐姐李婷回到了狗山的身边，姐弟俩一见面便紧紧地拥在一起。伏在姐姐的身上狗山再一次感到：姐姐那宽阔的肩就是支撑他的天，那温暖的怀抱就是他安全的港湾……因为姐姐的到来，他那一度出窍的灵魂仿佛又被召回，他感到姐姐是他生命中的贵人，是他在茫茫大海上前行的航标。在李婷的眼下，狗山用最快的速度，恢复了公司的运行。

尾声

　　两天后，为姐姐李婷送葬的队伍在向火化楼缓缓前行，狗山像一摊泥一样已无法站立，由两位战友搀扶着跟着队伍移动着，尽管不断有人安抚，他依然声嘶力竭地哭号着，那悲痛欲绝的惨状无不令人动容。此时他已深深地陷入绝望，不知前面的路在何方……

沉沦

　　如果人生是一场牌局，那么王龙则将自己
的一手好牌弄乱了。

——题记

　　贵武市一晚报刊登了一则辨别、认领尸体的启事，
死者名为王龙。

　　王龙死了！一个不过才三十五岁的男子，是殉情？
是抑郁？是罹患不治之症？是负债累累？都不是！他似
乎没有自杀的由头，却又有无数个轻生的理由，让我们
来看看他人生的轨迹，定能解开投湖自杀的谜团。

　　他在不经意之间和了一个满贯。

　　20世纪80年代初期在高考的前沿阵地上拼杀的学子
和当下有很大不同，没有陪读，没有租借房子，没有几

荤几素的伙食，能有个睡觉的空间，能吃饱肚子就是福了。1984年初，在沔州县城关一中的校园内，一批准备冲刺高考的学生蜗居在临时改造的宿舍里，那宿舍是一间教室，用木板隔成两间，一间放十张高低床，二十个学生住在这拥挤不堪的房子里，由于有心读书，无心清扫，宿舍内长期散发着一股难闻的味道，而这种味道最为出格的来自王龙的那张床。

王龙是从乡下过来复读的，他两岁就丧父，靠母亲抚养长大。尽管家里一贫如洗，但他读书颇有天赋，在家乡场吴镇，他小学、初中、高中的成绩一直名列前茅，但在1983年高考时因差8分而落选。本因家庭无法支撑，准备放弃读书的，他一位在城关工作的堂叔不甘心，出资将他送到了城关一中的复读班。

他极不爱整洁，甚至可以一个月不洗衣服、不洗澡，在这个集体里他是被人鄙视的，但他的学习成绩却在这个班中等偏上，平时考试冷不丁可以冲到校前十名，正常发挥也在十五名左右，因此还能勉强获得同学们的些许尊重。

一转眼就到了1985年的6月，依然没有像今天的高考期间，陪考的家长挤在考场外黑压压的一片一样，整个考场戒备森严而宁静。三天考试下来王龙显得异常兴奋，他对同学们说："政治题我猜中了两个，数学最后一题我昨天刚好做了一道类似的题目，我的感觉太好了！"

在复读一年的时间里，王龙从来没有在班上冲击过第一、二、三名，老师泼他的冷水说："不要太自信，填志愿客观点。"

8月下旬，高考录取的信息迅速传到了学校，王龙被某名牌大学哲学系录取。这不仅为自己的人生增添了光彩的一页，也为城关一中挣足了面子。

停和后本来可以成二五八的牌，他却选择了成硬嵌五。

王龙的大学生活，忙碌又平静，王龙在班上除了邋遢为人所不屑外，其他各方面还算过得去。三年半下来，他成绩平平，为人老实，因经济底子薄，加上喜欢争强好胜，交友也不多，就是再普通不过的一位名牌大学生，只等几个月毕业了。当时国家对大学生是包分配的，应该有一份非常体面的工作等待着他。

毕业前的学生学业任务相对轻松，就业的选择接踵而至。学校也热闹起来，校招的团队一个接着一个，招聘活动也隔三岔五地进行。当年是包分配的，毕业生们在就业压力不大的情况下面对五花八门的就业机会真有点眼花缭乱，应接不暇。

校方也在围绕学生就业做工作，系党总支明确地亮出了动员毕业生支边、支教，充实基层、建功立业的旗帜。他们请来几位支边、支教，投身基层、建设基层的学长慷慨激昂地讲在边关、在基层建功立业，功成名就的故事，其中有一位学长的讲述深深地打动了王龙。

这位学长现在已经在南方一个经济较发达的县任县委书记，他讲道："当初我完全有机会投身到大城市，有到象牙塔式的学校任教的机会，有在大城市做机关工作的机会，有到大企业坐办公室工作的机会。但通过反复权衡，我选择了回家乡，到基层去磨炼，去夯实自己事业发展的基础。通过这十多年的努力，基本实现了我人生的预期目标。我的体会是，要做一番大事业，必须从基层做起。我认为有志青年要想让自己的人生大展宏图，就到基层去，以大家的学历和所学的知识，从零做起，扎实工作，定会有意想不到的收获。"

选择分配去向时，王龙义无反顾向学校申请回到家乡沔州县。

尽管没有按常理出牌，但应该说王龙这一决定并不是一个错误的选择。

王龙回到沔州县后，立马获得了一个公务员岗位，在市文化局任办公室科员，开始了他的职业生涯。

名牌大学生，纯朴，这些难能可贵的特质深受时任文化局局长余斌的喜爱，时刻在关注着他，调教着他，培养着他。但时间不长，余局长就感到有些失望了。

余局长自己不可能派人为他去收拾房间，洗衣洗澡，他的邋遢几乎不可逆转。

他爱喝酒，有几次吐得局机关的走廊都是残渣，酸臭难闻，说了多次但收效甚微。

他隔三岔五迟到，尤其是上午，有几次局里派人到他宿舍里将他叫醒。

一次，省文化厅一把手周厅长到沔州县文化局调研，提前几天，局里就将写汇报材料的任务交给了办公室，办公室将初稿交给了王龙，最后一天交稿时，办公室主任在机关上上下下找不到王龙，只好向余局长汇报，余局长带着办公室主任来到王龙宿舍，敲开门，他说："昨天喝得太多，不好意思。"主任问："汇报材料呢？"王龙应道："哎呀！还没写完。"听到这句话，余局长再也无法忍受了，对他好一阵狠批。

余局长是个很执着的人，尽管流露出恨铁不成钢的情绪，但他依然没有对王龙丧失信心，他决定为王龙换个环境，他向沔州县委办公室推荐了王龙。

县委办公室派时任综合科科长的文京考察王龙，首先接待文京的是分管人事的副局长严芬，她介绍王龙用了三个有："有能力、有水平、有冲劲。"结论是这个小伙子是个好干部苗子！文京接着找办公室郭主任了解情况，郭主任神秘兮兮地关上门，压低声调说："对王龙你要我说真话还是假？"文京说："我当然要听真话！"郭主任说："那我就说真话了。"郭主任也说了三个词："邋逼、散漫、自负。"他说："前两个问题在一个新环境下约束紧一点可能改变，最可怕的是自负。对于我们来说，尽管是名牌大学学生，但仍然是一个写材料的新手，他对我们的指导与修改，抵触情绪很大，我想到县委办公室后这一问题是难以改变的。"

回办公室，文京如实汇报了考察情况，领导认为，可能是王龙得罪了郭主任，因为余局长对王龙评价极高，再考察一次吧，把范围扩大一点。

第二次考察，除了文京，县委办公室还派了一名副主任带队，全局上下众口一词，王龙非常优秀，是一个可造之才。

王龙来到了他人生的第二个职场：沔州县委办公室。

由于不按游戏规则出牌，本来一手好牌被他打得乱七八糟，一塌糊涂。

我们常说，县委办公室是一所学知识的学校，是一个成就人才的熔炉，是一个比武竞技的赛场，是一个培养干部的摇篮，但凡有办公室工作经历的人，都会在人生事业的发展上有所收获。

王龙置身其间，在那种意气风发、百舸争流的环境里似乎开始找到了一些感觉，他不迟到了，洗澡换衣服的次数也明显增加，初入办公室，室内个个都是秀才，是写作的高手，他只有当配角的份，尾巴也翘不起来，说话不再傲慢与张扬。最初，他融入了，得到了多数同人的认同。

一年后，县委张副书记需要秘书，办公室一致推荐这位年轻而又拥有名牌大学学历的王龙，这一安排，又为王龙人生的出彩铺就了一块厚厚的基石。

但走到这一步，他又开始有些飘了。

县领导陪上级领导外出考察，或到异地去参加会议，有时不一定带秘书一起去，王龙就回到办公室了。每当这个时候，原来那个温良乖巧的王龙不见了，对办公室领导、同事的态度基本上是不屑一顾。

有一天，万主任将他叫到办公室，交给他一个简报材料要他校对，他接过材料，往桌上一扔："这么简单的材料才几个字，有什么校头。张书记去开会前交代过我的事还没办完，我没有时间。"说完转身就走。

又有一天，文京科长下乡调研，请他一起去，他因为约了一个牌局，断然回绝："我今天要帮张书记整理办公室。"

张书记管机关，在县内活动的时间多，专车用得相对较少，王龙只要有事出去办，就把开车的范师傅一叫，风风光光地驱车出门。范师傅胆子小，每次动车都提醒他："我们这一出门，书记要用车怎么办？"王龙若无其事地说："没关系，张书记今天在大院开会不用车。"结果有几次张书记找秘书找不到，找车也找不到。本来张书记很宽容，但一而再地发生放鸽子的事，张书记气不打一处来，找到办公室主任，要求办公室对这样的干部要加强纪律教育。

不久又发生了一件令人不堪的事件，他不知为何与一社会青年结结实实地打了一架，当他伤痕累累地回到办公室时，领导、同事都像观察稀有动物一样看着他，一位领导愤慨地说："这哪里是办公室的干部！"

每个人都在用自己的所作所为写下自己的历史。王龙的这些作为已为他在办公室的发展空间布下了重重的阴影。

执意要将一副可轻易打成的好牌扔掉，却要去抹一副永远也不可能停和的乱牌，结果满盘皆输。

王龙开始恋爱了，他接触的第一位女性是一位职业女性，单位很好，是工商部门的一位名叫张倩的职员，有父母是干部的家庭背景，是通过办公室同事介绍开始接触而成为恋人关系的。女方长相一般。因为王龙有高学历，加上良好的工作岗位，张倩非常爱他、倾慕他，也非常想嫁给他。张倩是一个很会做家务的女子，帮他洗衣送饭，帮他打理家务，使过去一度邋遢、随意的王龙变得整洁、讲究，过去凌乱不堪的房间，变得井然有序。张倩虽然不是王龙一眼看上去就为之心动的女孩子，但在王龙心中认为过日子应该是一个非常合适的伴侣。加上王龙有生以来，很少得到家庭的温暖和异性贴心的呵护，他和张倩的感情迅速升温，热恋中的两位年轻人义无反顾地同居了。在大多数人看来，这是一段平凡而普通的爱情故事，是多数人走向婚姻的固定模式。

一次短暂的旅行，终结了这段平实却有可能走向幸福的爱情。

那是冥冥之中命运的安排，十一放假，王龙准备坐公共汽车回场吴老家看母亲，当他踏上公共汽车找到自己的座位坐下来时，他发现坐在他身边的是一位少女，王龙看她时，她也正回眸看他，并礼貌地轻轻一笑。从那一刻起，王龙的眼睛便再也离不开那个女孩了。那女孩皮肤白皙，一双水汪汪的杏核眼里散发出柔和、深邃的秋波，笔挺的鼻梁下，红唇厚薄适中，小嘴微微上翘，似乎在挑逗着、鼓舞着人去热吻。一袭披肩的长发散发着淡雅的芳香，丰满的胸脯挺拔地凸起在窈窕的身段上。他笃定，那就是他心中倾慕的梦中追随的女人！他开始找话题与这个女孩子搭讪，当他说出自己的单位和学历后，女孩子放松了对一个同车偶遇的陌生人的戒备。这个女孩叫余艳，中专毕业，在沔州县一家企业做文员。为了多与余艳相处，王龙放弃了中途在场吴下车的初衷，跟着余艳坐车去了洪湖，一直将余艳送下车他才折返回来。

王龙步入了疯狂地追逐余艳之旅。

他首先开诚布公地告诉张倩："我不喜欢你，我们分手吧。"张倩愕然，百思不得其解地问他为什么，他断然回答："我不喜欢你，我心里已有别人。"张倩哭求，介绍人劝说，他都置之不理，像扔掉垃圾袋一样，头也不回。

接着，他每天与余艳约会，给她献花，为她写诗，请她共赴烛光晚餐。他像个虔诚的教徒对待教主，他像个痴情的王子追逐公主，他像一粒多情的种子要深深地植入那钟爱的土壤。在强烈的攻势下，余艳尽管已向他展示了温柔与多情，却迟迟没有接受他爱的诉求。

"我爱你！我知道你也是爱我的，你为什么不答应我？"有一天，王龙把余艳揽在怀里，深情表白，余艳越挣扎，他抱得越紧。渐渐地，余艳不再挣扎，她对王龙说："我知道你爱我，我也是爱你的，但我已不值得你爱了，放弃对我的这份爱吧。""为什么？"王龙急切地问。"告诉你，你可以不爱我，但不能嫌弃我。"余艳说。"不会，不管怎样，我也不会嫌弃你的！"王龙坚定地回答。"我已经被厂里老板玩弄，还怀着他的小孩。"余艳含着泪说。这番话对任何一位追求者无疑都是晴天霹雳，然而王龙却异常平静与淡定。他依然拥抱着余艳不放，充满激情地说："我爱你，你愿意将你最隐秘的事告诉我，让我看到了你告别过去的决心，也是对我爱你的严酷考验！我要告诉你，我对你过去的不在乎更能体现我对你刻骨铭心的爱，不要再到那个地方上班了，去，把孩子做掉，把身子养好，我们结婚！"余艳哭了，两张渴求爱的嘴唇终于紧紧地贴在了一起。

有情人终成眷属，王龙和余艳终于走进了婚姻的殿堂。

蜜月是幸福的，余艳每天把饭菜烧好，读着小说，等待王龙下班回来，小两口吃过饭，手挽手散散步，晚上就如胶似漆地黏在一起，因为爱而结合，他们早期的夫妻生活像一首甜蜜的歌，缠绵而悠扬。但蜜月结束不久，他们之间的关系就出现了大逆转，王龙突然感到余艳的身子很脏、很脏。每次，他忍不住想去碰她，完了又莫名后悔，先是自虐，不断地抽打着自己的头、自己的脸，不久转而开始家暴，没头没脑地将结婚不久的妻子往死里打。更多的时候是在夜深人静的晚上，他将余艳打得从二楼冲到一楼的院子里，大声呼叫："救命！"好几次已入睡被惊醒的邻居们来到院子，将被打得伤痕累累的余艳送回家。

劝说与批评并没有制止王龙的暴力，他愈演愈烈，除了对余艳施暴外，开始采取破坏性举动，在家近乎疯狂地砸家具，砸电器，砸窗户玻璃，劝架的人来到他家里，几乎看不见一块完整的玻璃，一件完好的电器。电视机的显示屏被砸了一个洞，明确不能倒置的冰箱也无可奈何地躺在凌乱不堪的客厅里……

爱与恨在转瞬之间如同冰火两重天。一位医生说，王龙是一种变态，他陷入了越爱越恨的怪圈无法自拔，这段婚姻不到半年就走向了死亡。

这场婚姻的失败并非是他走向厄运的导火索，真正把他推向绝境的是张倩，那位王龙义无反顾抛弃的女子。气急之下的她写了一封举报信，寄到纪委，信中披露了王龙在与她交往过程中讲给她的一些违纪的事。

纪委将信转到了分管机关的易副书记的手上，易副书记到办公室调查，情况糟透了！与社会上的人打架斗殴，基本素质差；结婚半年闹离婚，生活作风不严肃；作为办公室干部不负责任地对县里的工作说是道非，背后议论领导，不具备办公室干部的基本操守。

这种人怎么能到办公室工作，县委易副书记责成办公室迅速拿出方案，将王龙调出县委办公室。

方案最后确定：将王龙调到当时已濒临破产的国企——县棉纺厂。

打情绪牌，他被牌友逐出牌局。

好的标签可以让人增值，同样，坏的标签也可以让人贬值，王龙调出也十分艰难。

20世纪90年代中后期，求职不像现在那么自由，都是靠国家分配，靠组织调动，任何人离开组织，走出体制外，就失去了安全与保障，人们对组织特别依赖。在办公室，他仍是文京的手下，联系调动自然由文京负责。文京找到当时棉纺厂的负责人谷总，谷总接待很热情，由于对王龙其人早有耳闻，一听说要接收这名干部马上变脸，他说："市里既然已作出决定要我们接收这名干部，我们服从决定，可以让他现在来报到，但有一条要说明白，现在暂时无班可上，当然也无工资可发。"这不是婉言拒绝了吗？

文京不死心，他想到了全县唯一一家上市公司宏达国际。他曾为这家企业写过几篇文章并在国家级刊物上发表，由此与该企业老板建立了交情。来到年总办公室，文京说："年总是个爱人才的老总，我为你推荐一位名牌大学毕业的年轻小伙子，有办公室经历，文字能力很强。"年总很爽快地说："文科长推荐的人我要，办公室还差个写材料的，你可让他尽快来上班。"

文京又要求年总给他一个职位，年总说："既然你文科长说了，就让他担任厂办副主任吧。"

第二天，文京将王龙带到了年总的办公室。送王龙上班前，文京与王龙有一次长谈，他叮嘱王龙："你去的是上市公司，而且任职的是管理层，只要认真努力地工作，充分发挥你的才能，仍然前途无量。"

其实，王龙一离开办公室，他的心态就发生了变化，加上企业环境与办公室环境有天壤之别，他更加放纵自己了。开始他经常迟到早退，渐渐地又回到过去那种不修边幅的状态，蓄着长发，穿着既不太合身又邋遢的衣服，老远就可以闻到他身上的那股酸臭味。

与余艳离婚后，他更加空虚无聊，为了打发时间，他迷上了打扑克，当时流行打定七，是用纸牌赌博的一种玩法，一场牌下来，一般要输赢一百多元，手气背的能输五六百元。他全然不顾自己是个管理人员的身份，一到晚上约上几个单身年轻工人找个地方就玩上了，玩通宵是家常便饭。

　　也许是心态不佳的缘故，王龙的手气一直不太好，总在输，赚的一点工资一般不够输，有时靠借债度日。

　　有一天，他从财务科领了三百九十多元钱，厂里要他去订报纸，当天没有去办，到了晚上，几个老牌友一约，又在厂子的宿舍里赌上了，没想到，那天他手气非常糟糕，不到晚上十一点，他手头上订报纸的钱加上自己还有的近百元的维持生活的费用全部输光了，情急之下，他恶从胆边生，说是去解手，跑回宿舍拿了一把裁纸刀，冲进牌场，举着刀，歇斯底里地喊道："今天你们必须把老子输的钱都还回来，否则，要出人命！"昔日称兄道弟的牌友，今天突然变成了以刀相逼的仇人，那些牌友见状，把钱留在桌上，一个个灰溜溜地走了。

　　这件事马上在全厂传开了，全厂哗然。缺乏自律、目无领导、工作拖沓、劣迹斑斑的表现让年总彻底失望了，出事的第二天，年总气冲冲地来到县委办公室找到文京，毫不客气地说："这是你推荐给我的一个好人，我们接受不了这个大才子，你把他领回去吧！"

王龙又一次处于失业状态。

贵人再度出手，让他和了个小牌，不经意中，他又一次把一手顺牌打乱了，再度被逐出牌局。

万般无奈之下，文京想到了余局长，解铃还须系铃人。"当时王龙是你推荐给我的，我只能再让你想想办法，为王龙走出困局做点工作。"

余局长当时作为交流干部被交流到隔壁临江县任县委宣传部部长，接到文京的电话以后，沉思片刻的余局长说："那就把他交给我吧。"

余部长将王龙安排在宣传部理论科任科员，王龙的人生，又开始重现一抹曙光。

这一次余部长加强了对他的管理与教育。他与王龙约法三章：迟到早退三次走人；每天必须洗澡，最多三天换一次衣服，一个月理一次发，违反上述规定一次扣工资百分之五十，三次走人；参与一次打牌赌博走人；与领导顶撞一次走人。

严苛的管理之下，王龙逐步进入状态，由于他在大学学的专业是哲学，做理论工作对于他来说轻车熟路。很快，王龙成了宣传部理论科副科长。

不久，余部长调离临江，赴省委宣传部任职，他的离去，既使王龙失去了一种不可或缺的约束力，也让他失去了一种强有力的支撑，他又开始沉沦了。

那一年，县委宣传部建立了末位淘汰制。年底，县委宣传部对全体干部进行票决，最后一名调出机关。王龙被末位淘汰了。

他浸淫在陌生的牌场，屡战屡败，输得无地自容。

这次王龙没有再乞求组织安排，也没好意思去找谁说情，他只身一人，背起简单的行李，来到了沿海城市——深圳。

王龙到深圳的第一站是在一家做鞋的私企做文员，该厂的老板与他同龄，是一个年轻的暴发户，脾气也非常暴。到厂不久，他要王龙写一篇强化企业管理的讲话稿，要求两天内交稿。王龙废寝忘食，将好不容易完成的稿件交给他时，这位读书不多的老板将稿子读了一遍，立马将稿子撕了，只说了两个字："重写！"初中毕业的老板竟瞧不起名牌大学毕业生写的东西，人在屋檐下，只得把头低，第二天，他将熬了一整夜写的稿子交给老板时，老板看了看，对王龙说："少来这些虚头巴脑的东西好不好，我要的是实实在在地谈鞋厂如何管理，拿去再写！"王龙一脸委屈，只好把稿子拿回去。当把第三篇稿子交上去时，老板一脸无奈，说："算了，这个东西你弄不好，还是我自己来吧。"

王龙参加了那个会，这位年轻气盛、初中文化的老板在台上口水飞溅，激情飞扬，头头是道地讲了一个多小时，基本上没有用他的稿子，王龙对自己很失望，老板也对王龙不满意。

在以后的日子里，王龙面对的是合同，向工商部门、税务部门请示减免费用的公文的起草。王龙对这些东西都很陌生，得从头去熟悉，学习，再去写作，所以总被抱怨，被呵斥。他完全受不了这个老板，万般无奈之下，他把这份工作辞了。

一个月以后，他找到了第二份工作，在一家私立学校教初中语文。教书对于王龙来说并不陌生，但教初中语文他仍然得从头再来。有了前面的深刻教训之后，他开始沉下心来，认真备课、讲课，算是在这所学校稳定下来了。

学校的收入还是可观的，他租下一间一室一厅的房子，又开始考虑个人问题了。他在这所学校工作了两个年头，在这短短两年间，他闪婚闪离三次，每次婚姻的失败都与家暴有关。

在深圳的这几年，他的脾气越来越狂躁了，他始终对自己的人生有一种不可理喻的憋屈，从而引发对周边一切的不满，这种日积月累的仇怨到一定时候就会爆发，他的女人、他的同事都可能成为他发泄的对象。

他的这种无端的狂躁再一次破坏了他生存的空间。

有一天，在学校食堂吃饭，一个同事边吃边跟王龙开玩笑地说："王老师艳福不浅，已换了四任老婆，给我们介绍一下换老婆的经验，让我们也尝尝鲜。"这位同事不知道那天，他刚与第四任老婆离婚，正气不打一处来，他掀翻饭桌，上去对准那位同事就是一拳，当场将同事的眼睛打肿了。孤僻、散漫、暴力成为附在他身上的新标签，在这次暴力事件发生后，学校得出的结论是他不配为人师表，因此，学校与他解除了合同，他再一次失业了。

几场失败的婚姻，使他的经济基础近乎崩溃，加上再一次失去工作，他几乎是一贫如洗。

他又开始了漫漫的求职之旅，由于已无生活来源，加上手头无积蓄，他与六位在深圳打工的年轻人合住在一个臭气熏天的地下室里，每天晚上在昏黄的灯光下将搜集来的报纸上符合自己口味的招聘企业做上记号，第二天清早起来，啃上两个馒头，按图索骥，去送简历、参加笔试、面试。

不难想象王龙当时落魄的样子，凌乱的头发，衣衫不整的穿着，萎靡的精神状态，在那人才济济、竞争惨烈的大都市里，哪里能为这个失落的人腾出一份他所要的工作呢？

弹尽粮绝，怅然失意的王龙想到了余部长，在一个公共电话亭，他试着拨打却居然拨通了现在已是余处长的电话，他强忍着没有哭出声来，道："叔子，我在这里已走投无路，您帮我想想办法吧。"余处长拿着电话，迟疑了片刻，语气有些冷淡地说："那你回来吧，后天贵武新建开发区有个人才招聘会，你去试试。"

像赌徒烧掉赌具、剁掉手指一样，他将人生所经历的恩恩怨怨连同自己一起扔进了茫茫的湖水。

王龙从深圳坐火车回到贵武已是晚上，他手头仅十元钱，住不了店，只能在候车室待了整整一夜。

第二天，他背着简单的行囊，坐公共汽车来到了省委大院门前。他要求进大院找余处长，门卫不放行。在他的强烈要求下，门卫给省委宣传部打了个电话，被告知余处长出去开会不在部里。

王龙无可奈何地离开了这里。

下午，王龙又来到省委大院门前，门卫联系了一次，仍被告知余处长外出开会不在部里。

那正是深秋，到了晚上，寒气逼人，没有钱住店的王龙只能蜷缩在洪山广场的公共座椅上度过那漫漫长夜。遥望天空闪烁的星星，它们眨眨眼，仿佛在嘲笑着他这个落魄的人。

"我究竟做错了什么呢？"无法入眠的王龙在百思不得其解地想着，"我不到两岁父亲就离开了我，让我从来没感受到父爱，从懂事那天起就留下遗憾，这是我的错吗？我不是不想和领导同事处好关系，是他们始终不认可我的价值，不赋予我应有的尊严与地位，这难道是我的错吗？我追求纯真的爱情，不想勉强成就没有爱的婚姻，这难道是我的错吗？苍天，你究竟有没有眼！"

王龙连续在这张公共座椅上躺了三个晚上，每天两次去省委大院门口找门卫打电话，守在门口，看每个工作人员出出进进，但他始终没有找到他所要找的余处长。

他手头的十元钱早已用完，饥饿、寒冷在折磨着他。

"这个世界已经不属于我了，"王龙绝望地想，"我想有一份稳定的工作，他们一而再、再而三地把我扫地出门，我已一无所有，我一生最珍贵的贵人杳无音讯，我想拥有一份爱，有一个温馨的家，她们都欺骗了我的感情，义无反顾地离我而去。我想融入这个世界，这个世界用钢铁铸就的一堵厚厚的墙将我拒之门外。"

"累，我好累，谁来拯救我啊！"已是深夜，那晚月光冰冷而暗淡，他拖着那疲惫不堪的脚步，义无反顾地向那茫茫的湖心走去……

赢家

一

江州市委派该市市委副书记文京赴南都省岩州市组建同乡会暨商会，文京很自然想到了俞苍海。他认为，俞苍海应该是会长的最佳也是唯一人选。

在文京心中，俞苍海的情商之高，是一般人难以望其项背的，只要你有机会接触到他，他的热情犹如冬天的暖阳，让你倍感温暖与惬意。

文京乘坐的飞机刚一落地，乘务员告诉乘客，各位必须下飞机后乘摆渡车去候机楼。文京刚下舷梯，俞苍海已在舷梯口等候，他万分热情地握着文京的手，一个劲地说："欢迎，欢迎！"

文京一行踏上了俞苍海为他们准备好的考斯特面

包车。

尽管已步入花甲之年，身为南都市日兆房地产公司董事长的俞苍海看上去依然英俊潇洒，一米八的个子，苗条硬朗的标准身材，岁月的风霜并没有在他的身上留下痕迹，一张看不到一丝皱纹的白皙的脸，一头梳得整整齐齐的黑发，穿着一身笔挺的西服，打着一条十分醒目的猩红色领带，略带磁性的嗓音让人感到稳重与亲切。"文书记，今天把你们一行人安排在岩州市五州大酒店。"俞总对文京说，"现在已近五点了，到宾馆有半个小时的车程，待会儿你们进房间整理一下再到大厅集中，晚餐安排在海边，现抓现做，吃海鲜。"

一上酒桌，俞苍海就不是我们平时看到的那个风度翩翩、外表斯文儒雅的俞总了，那简直是一匹脱缰的野马，恣意徜徉，豪情万丈。他总是用三两的量壶装酒，不管是否喝酒，这第一杯是不得不喝的，而且，这第一杯，他作为东道主，总是站起来，表达一席欢迎的辞令，再幽默地说："我们先喝一小口，然后把酒杯端起来，一饮而尽。"

其实，俞苍海的酒量并不十分大，只是那气势吓人。这种量壶，他喝两杯尚清醒，再喝就会失态。酒桌上他从来不怕别人笑话，他曾讲过自己许多醉酒的经历，还有一些精彩的故事。

有一次，他到河南去考察业务，一下飞机就对来机场接站的人员说："我没别的爱好，就喜欢喝点酒，打遍全国无敌手，你回去就给老板说，要他安排足酒，菜可以随便一点。"对方马上应允，按要求，备足了酒。开宴时，俞总便豪情万丈，按惯例举起了酒杯，对大家说："为了感谢贵公司的盛情款待，我先喝一小口。"说完，端起量壶，一饮而尽。他本意是想以此气势压住对方，没想到刚放了酒杯，对方的张董事长就亲自为他倒了一壶，没等吃菜，张总便说："为欢迎俞总前来指导工作，我敬俞总一小口。"说完，便一仰头将一壶酒一饮而尽。俞总就是这两壶的量，他满以为第一壶那架势一定会让他把局面牢牢把握在手里的，没想到对方杀了个回马枪，虽然心里很胆怯，但迫于吹牛在前，便硬着头皮将这壶酒给喝了。更没有想到的是，刚一落座，对方又主动为他酌了一壶酒，然后将自己的酒壶倒满，说："为加深印象，我再敬俞总一小口，先干为敬。"说完，又把头一仰，一壶酒已咕咚下肚。俞总知道这一壶酒喝下去，他会烂醉如泥，所以显得犹豫不决，对方见状又将自己的杯子倒满，说："为了表达我的诚意，我再喝一小口，用两小口换取俞总喝一小口。"说时迟，那时快，头一仰，张总又饮了一杯。俞总已被逼到墙角，连一点回旋的余地都没有了，只好硬着头皮喝下了第三壶。结果可想而知，俞总现场醉得不省人事，被送到医院。当第二天醒来时，俞苍海问："张总酒量怎么这么大？"前来照看他的张总秘书说:"我们张总喝酒外号叫张倒口,即喝酒的量像倒口的洪水量。"他接着开玩笑说:"你俞总是俞小口,今天碰到张倒口了当然要吃亏啰。"从此,俞小口碰到张倒口的故事在坊间广为流传。

大家都知根知底,尽管酒喝得很豪壮,但量控制得很好。

吃过饭后文京要随行的秘书买单,俞苍海马上按住秘书道:"文书记,你这不是在折煞我嫌我穷,买不起单?"然后不由分说地叫服务生,服务生十分熟悉地拿来POS机,俞总轻松自如地刷卡买了单。他又盛情邀请文京一行去卡拉OK唱歌,说是安排在梦海潮歌厅,文京婉言拒绝了。看文京语气十分坚定,俞总没有坚持,上车把文京一行送回酒店。

二

男人有时也是需要有颜值的,20世纪70年代初,初中毕业的俞苍海回乡务农,不安于现状的他使尽浑身解数,参军入伍了。

新兵整训结束后,部队首长到新兵里挑选勤务兵,一眼就看中了皮肤白皙、身材高大、眉目清秀的俞苍海。

勤务员这兵种好像就是为俞苍海量身打造的,他灵活、勤快,办事干净利落,深受首长的喜爱。首长每每评价下属，总忘不了夸俞苍海几句。

他每天总能做到没等首长起床，他已把首长的住房、办公室打扫得干干净净，打开水、整理好办公桌上紊乱的文书，当首长一起床，他就为首长备齐了洗漱物。等首长洗漱完毕，早点就送上来了。首长的衣服他每天都洗得干干净净，折叠得整整齐齐。

一次，俞苍海所在的野战部队举行规模较大的军事演习，中央军委的领导亲临现场观摩，俞苍海的首长亲临一线，现场指挥，在跨越山地障碍时不慎股骨粉碎性骨折，住进了医院。

俞苍海按多饮用含钙量高的饮品的要求，每天上午督促首长喝一杯牛奶，在餐饮上，他将有助于恢复骨质增长的豆制品、绿叶蔬菜、蘑菇以及骨头汤做成食谱，敦促食堂每天按食谱做菜。

为了让首长讲究卫生的习惯延续，他每天不厌其烦地为首长全身上下擦洗一次，还特意弄来首长比较喜欢的薰衣草味香水，洒在床头，以舒缓首长的心情。

由于首长股骨骨折，大腿打上石膏后躺在床上基本不能动弹，俞苍海依然每天多次动手让首长翻身，免得睡久了身上长褥疮。

两个多月后，通过检查，医生确认首长骨夹已经形成，可下床进行恢复性的功能训练了。开始首长拐杖用不习惯，俞苍海也就成了他的拐杖。那正是盛夏八月，俞苍海总是紧紧地贴在首长的身体上，让首长的手扶在自己的肩上，尝试着一步一步往前走。

首长通常是每天上午、下午各下床活动一次，时间短则大半个小时，长的达两个小时，俞苍海每次挽扶着首长下来，全身都湿透。但俞苍海没来得及收拾自己，立马将同样大汗淋漓的首长弄到病房，为他洗完澡，换好衣服，才自己去洗澡。

三个多月下来，首长终于能自如地下地走路了，俞苍海却瘦了近十五斤，本来就消瘦的身材，显得更单薄了。

返回部队的那天，首长单独叫上俞苍海共进晚餐。首长用慈祥而感激的眼神看着他，对他说："小俞，对自己的前途有什么想法没有？"俞苍海说："谢谢首长对我的关心，跟首长惯了，不想离开首长。"首长拍拍俞苍海的头，满面笑容地说："我是舍不得你走，但我更不愿意让你当一生的勤务兵哪。"

几天后，一纸排长的任命书下到连队，俞苍海的军装由两个兜变成了四个兜。

十五年间俞苍海凭借自己的勤奋努力，升任到上校团长。

这其间，他将家乡的妻子按政策随军，转了商品粮，妻子为他生下一个儿子。

三

俞苍海结束了自己的军旅生涯后，选择南都省岩州市作为他人生新的起点。这绝非一时心血来潮，那些年，南都市大兴土木在打造中国的旅游之都。他在这里嗅出了商机。

租了个筒子间，把家安顿下来后，经战友介绍，他入职了一家房地产公司。老板张志浩给了他一个办公室主任的职位，让他负责接待、公司日常事务、车辆的安排。

俞苍海本来就是一个普通的打工仔，但一件偶发的事件让他成为老板最信任的搭档。

那是一个星期六，张志浩去沿海的一个县看一块地，办完事返程时，已是晚上八点多钟，车行驶不到半个小时爆胎了，而他开的这辆车没有备用轮胎，情急之下，他给俞苍海打了个电话，要他开个车火速赶过来，最好带个备胎来。接到电话已是晚上九点多钟，他告诉张志浩："您坐的是公司刚购的公爵王，备胎正在采购中，现在家里没有，我先开个车过去再说。"等到他开车赶到出事现场已是深夜，他把车钥匙交给老板的司机说："老板，您先赶回去，这里的事交给我。"这里前不着村，后不着店，黑漆漆的一片，老板实在不忍心把俞苍海扔下径直回城，但也无可奈何，只好拍拍俞苍海的肩膀说：

"那就有劳你啦，最好是在车上将就一夜，明天白天再想办法。"俞苍海马上应道："请您放心，我会处理好的。"老板惴惴不安地上了车，车一溜烟地离开了俞苍海，眼下只有俞苍海在一片黑暗中停立在爆胎的小车边。

第二天一大早，老板张志浩刚起床打开门，只见一个人站在他宿舍门口，那个人衣服上满是污泥与油渍，头发凌乱，脸上也像涂了不规则的黑色油彩似的，看上去十分落魄与狼狈。张志浩定神仔细一看，这不是俞苍海吗？缓过神来的张志浩张大嘴巴问："俞主任，你怎么在这儿，有事吗？"俞苍海说："我来给您汇报，昨天您交代的事已处理好了，车钥匙交给您。"张志浩问："在哪补的胎？"俞苍海如实汇报说："我把轮子卸下来，背着走了三公里，找到一个补胎点，把车胎给修好了。""那你不一夜没睡？"老板问。"您放心，我扛得住。"张志浩感动万分，他恳切地说："苍海，今天白天休息一天，不用上班了。""不用！"俞苍海爽快地说，"公司还有好多事等着我，您有什么事也可以吩咐我。"说完，转身离去。望着俞苍海离去的背影，老板记住了这个下属。

不久，俞苍海被任命为公司副总。

日兆房地产公司的老总张志浩原来是长三角一省财政厅的副处长，1993年国家要求机关办公司，财政厅将此任务交给了他，并给了他一个亿的资金作为铺底。张志浩来到南都省，正好赶上了这里大力发展旅游业，开发度假村的机遇，不到两年，他把这一个亿的铺底资金全给赚回来了。在投资创业获得巨大成功之后，张志浩再也无心回到体制内了，他将一个亿的铺底资金加上利息完好无缺地还回财政厅，并表示与原工作彻底脱钩，全心全意地当老板去了。

赚得盆满钵满的张志浩对经商也颇感疲惫，他把日兆公司这个摊子十分放心地交给了俞苍海，开始他漫游天下的浪漫人生之旅。

由此，俞苍海摇身一变，成为日兆房地产公司的实际掌舵人。

四

张志浩把日兆房地产公司交给俞苍海打理是经过深思熟虑作出的决定，他看准俞苍海身上的那种一般人所不具备的豪气与胆略。

张志浩离开日兆公司正是南都省房地产最低迷的第一个周期，由于前期铺的摊子太大，导致供求失衡，一大批房地产商因资金链断裂而破产，大批烂尾楼应运而生。

俞苍海像一位敏锐的猎手，他总能躲在一边，静观事态的变局，在变局中捕捉到良好的商机。

他的豪爽与大度为他构建了一个能量超常的磁场。

有一天，他在海天大酒店约地产商朋友共进晚餐，宴席散后，他正要组织客人跳舞，席间江西的一位黄姓的房地产商叫住了他，说有事相商。

黄老板带着俞苍海刚在一茶水小包间坐下来，便一脸沮丧地说："俞总，救我一把！"俞苍海诚挚地回应："黄总言重了！有什么事只要在下帮得上，我决不推托。"黄总说："我已撑不下去，你是知道的，那临海丘陵地带三百亩地我是花了五千万元拍到手的，现在楼市低迷，我进退两难，不做房子政府要收回去，做房子手头已无分文，银行也不给贷，加上行情差得不得了，我想把这块地转给你，你的腰杆子粗，撑得住。"俞苍海说："你找错对象了，我是个打工的，说了不算，老板现在不在这里，这个家我当不了。"黄老板没有放弃："谁都知道日兆您说了算，老朋友了，拉我一把吧，不然我就要家破人亡了。"俞苍海思索了一会儿答道："既然黄老板说到这个份上，那您开个价，我请示一下张老板再答复您。"黄老板总算松了一口气，说："您是知道的，这块地是五千万拍到的，我也知道目前行情不好，只要您肯出手相助，三千万给您。"俞苍海说："黄老板出的价不高，但我做不了主，待我请示了张总再答复你。"黄老板脸上露出了一丝希望的笑容，马上拱手道："谢谢俞总，谢谢俞总，成交一定重谢！只是希望快一点，我实在撑不住了。"三天过去了，黄总电话打过来了，俞苍海说："我与张老板联系，张老板反问我当今之下，还有置地的胃口？问得我无言以对，黄老板，我是有心无力呀。"那边马上傻眼了，急促地说："你再给张老板说说，他听你的，价钱还可以商量。""那明天我们再联系吧！"俞苍海挂断了电话。第二天刚上班，黄老板便来到俞苍海的办公室用乞求的眼光看着俞苍海。俞苍海上前握住黄老板的手："为你的事又找了张总，张总把球踢给了我，说我买的亏损了我负责，我想为朋友两肋插刀，你黄总毕竟是我多年的弟兄，这个担子我挑了，只是黄总，我是准备亏的，都是朋友，你亏点我亏点，算我拉你一把，日后我有难处再去找你。"黄总喜出望外地说："好，好，感谢俞总，你开个价。"俞苍海不紧不慢地接过话茬："你难我们也难哪，现在我公司全部的头寸只有两千万，你要就拿去。"临海的商住地皮，不到七万元一亩，简直不可思议，而黄老板听到后仿佛抓到了一根救命的稻草，当场拍板："行！就两千万，我们马上签合同。"签完合同，拿到支票，黄老板紧紧握住俞苍海的手，满怀深情地说："感谢俞总的大恩大德，今生不报，来生当牛马也会报！"

五

南都市房地产步入低谷不到五年又火热起来，地皮价格见风涨，俞苍海那三百亩地由陈糠烂谷子摇身一变成为香饽饽，前来谈收购的客商络绎不绝，一天一个价，总在高开高走。

俞苍海很慎重地将张志浩召回了南都，他们商议究竟是将这块地由公司开发还是出售，俞苍海的一句话说服了张志浩："我看这次南都的房地产开发又将是一哄而起，潜在的危机大于商机。""那你的意思是先把地皮卖掉，把钱囤起来再等待商机？"张志浩问。俞苍海说："是的，现在这宗地已经炒到一百五十万元一亩，我们迅速将它抛出，拿到现金再找机会。我有个朋友现在已在家乡任副市长，多次打电话邀请我回家乡投资，我们不妨回内地看一看。"张志浩回应道："那好，内地应该有商机！要不我们尽快处理地皮，然后起程去内地。"

处理完地皮，俞苍海和张志浩踏上了前往江州的行程。这次回家乡江州市对俞苍海来说可谓今非昔比，身价过亿且不论，在南都市执掌日兆公司这些年，他十分注重提升自己，不仅有了一定的社会地位，还取得了国内一所顶尖大学 EMBA（高级工商管理硕士）文凭。

得到张志浩的应允，俞苍海马上打电话给分管招商引资的副市长文京，告知日兆公司一行数人近日将前往江州市进行投资前的考察。文京喜出望外，立即表示保证用最高规格接待俞总一行。

前往考察的飞机一经落地湖州省蓝天机场，文京就亲自将俞苍海一行接到早已备好的考斯特车上。这次可谓衣锦还乡，此刻文京看到眼前的俞苍海，眼睛突然一亮，这哪里是几年前看到的俞总，身着一套挺括的高档品牌西服，洁白的衬衣中间有一条耀眼的金色领带，依然是白净的脸上戴着一副墨镜，让人根本看不到他的眼神，左手握着时下最高档的摩托罗拉折叠手机。见面俞苍海就递上一张精美的名片，文京扫了一眼，各类头衔不下八个。尽管和文京已经是老朋友了，但这次俞苍海那不苟言笑的做派给文京的感觉有点高深莫测，捉摸不透。简单地寒暄了几句，车上文京急不可待地想介绍一下江州市的投资政策、投资环境，刚开口便被俞苍海制止住了，他说车上不谈公事，随便闲聊一下，到市里正规场合再谈公事。一反过去谦卑的风格，俞苍海完全主导了车上的谈话，一路话不多，大家反而有些拘谨了。

一行人抵达江州市已是下午五点多钟，客人们在市里安排的宾馆房间里稍作休整，即赴晚宴。江州市很重视，不仅菜肴丰盛，排场也很大很隆重，市委书记、市长都出场了，简单地吃了晚餐，晚上连轴转，听取江州市汇报。七点半钟进入会议室。俞苍海摘下墨镜，又戴上一副用玳瑁骨架做成的宽边老花眼镜，拿出笔记本，认真做起笔记来。

听完汇报，他一开口便问："你们今天安排我住宿的这家宾馆是市里最高档的吗？"文京说："那是当然，接待俞总肯定用好的！""经济这么发达的一个市，最高档的宾馆才三星级，不匹配呀！要不要我们集团到你们这里弄个五星级的？"俞苍海说。"那太好了！我们求之不得！"文京答道。

　　早在成行之前，俞苍海就与张志浩商量过，这些年常与政府打交道，他们深知，政府招商引资这才刚拉开序幕，决策者们对引资如饥似渴，会给优惠政策，基于此，他们想如果江州市同意他们做楼花和宾馆就放手一搏，这也是他们这些年来一直在操盘且已轻车熟路的行当。

　　围绕这两大项目，双方谈得很顺利，土地价格也基本定下来，两宗近三百亩地商业、商住用地定到十五万一亩，这在当时的内地几乎是天价，张志浩与俞苍海还是接受了。到第三天文京突然提出："你们对投资学校是否感兴趣，我们财政现在资金短缺，对教育投入有限，如果你们愿意投资教育，我们愿意把江州市最好的教育资源第一中学出售给你们，但你们必须重建一所全新的中学，教育是公益事业，如果你们有意投资，我们可以将综合地价降至十万元一亩，供地可在四百亩以上。"俞苍海对江州市的教育是比较了解的，这个市高考基本上每年在全省名列前茅，最好的中学生源绝无问题，只要把教师稳住，不愁赚不到钱，他对文京说："文市长，我们接管学校，重新投资建校都没有问题，只要你们不改变老师的公办教师身份，如果满足我们这个条件我们干这个事！"文京请示书记、市长后，立即拍板，一拨人仅用一个星期的时间，日兆在江州的投资事宜全部敲定。

张志浩在敲定合同之后就离开了江州市，把俞苍海留在这里筹建项目。

俞苍海用购得土地作抵押，贷了两个多亿在江州大兴土木。不到一年，江州市最高档的商住楼盘在城区中心建成了，它成为江州市的标志性建筑，也成为江州市成功人士的家园。它创造了江州市的楼盘由八百元左右一平方米飙升至两千元一平方米的神话。

同时，江州市第一家五星级宾馆拔地而起，俞苍海把南都省岩州市度假村开发成功的模式移植到江州，建成的江州宾馆成为江州市的"三个中心"：一是会议中心，他使这座五星级宾馆配套了完善的会议用房和相应的设施设备，其规模可承接近千人居住开会，几十人几百人的会议也就不在话下了，由于设备高档实用，环境宜人，吸引全省周边县市的大小会议在此召开；二是娱乐中心，他把裙楼定位成卡拉 OK、洗浴和修脚屋，按此要求对外出租，近百家商户入驻裙楼，这里成为江州市最集中的娱乐中心；三是最豪华的客房中心，该宾馆成为江州市高端商人的会所，常年车水马龙，人气超旺！

用了两年，建成江州市第一中学，学校规模空前，可容纳一万名学生入学，由于老师的公办身份没有改变，薪酬又高于其他中学教师的水准，不仅原有的老师稳定，很多优秀的老师削尖脑袋跻身其中，使学校教学质量持续攀升，每年高考捷报频传，尽管学校收费高于其他学校，但生源总是供过于求，不管设置多高的资金门槛，均有无数家长倾其所有，在此搏得一学位。

楼盘建成抢购一空，宾馆交给职业经理人运作，学校也托付给校长，俞苍海万事如意，回到南都的岩州陪老婆孩子去了。

尾声

文京这次抓得很紧，用了一天的时间，找到南都省商界和政界十多名有一定影响力的人士，开了一个筹备会，又用一个上午的时间把江州同乡会和江州商会成立了。在俞苍海的提议和坚持下，会议增设了一个内容。他提议让商会骨干成员捐资设立家乡扶贫助学基金，捐助贫困家庭的优秀学子就学。同乡会上，俞苍海带头捐资五十万元，迅速掀起捐资的高潮，不到半小时，同乡会便募集捐款近百万元，远远好于预期。

两项选举的结果毫无悬念，俞苍海双双全票当选为会长。

异化

一

　　没有人不向往恬静的田园生活，都想来到一个夹杂着色彩斑斓野花的一望无垠的绿色田野，小鸟在蓝天白云下自由飞翔，牧童牵着水牛在悠闲地吹着口哨，穿着五颜六色的服饰的农妇在一边劳作一边哼着地方的小调，村头的狗在无精打采地对着陌生人吠着……

　　20世纪70年代初，文京作为知识青年下放到农村前，曾在脑海里浮现过这一美好的情景，他下放的那个地方是江汉平原腹地，那年夏秋之交，他来到那个村头时，眼前是一马平川的原野，原野上绽放着红白相间的棉花和已出穗的早稻。全村四十来户人家依电排河而居。电排河是一条人工河，八十米左右宽，由北向南笔直地通到泄洪大堤。电排河河水清澈见底，除了开泵排水时节，河水向南急速奔流外，平时河水平静，微风吹动，泛起粼粼波光。

文京在安顿下来的第一天晚上，他走上河堤，拿起随身携带的口琴，对着皎洁的月光，吹起了《我爱这蓝色的海洋》。舒缓悠扬的口琴声在恬静的原野上飘荡，当年做着文学梦的青年文京的心中充满诗意与情思，他似乎找到了那片属于他的心灵归宿的田园。

二

文京的知青点依电排河堤而建，孤零零地支在河堤半坡上，与村庄农舍遥遥相对。知青点正对面的一间房子是秦红家。

秦红膝下有三个儿女，大的是个女儿，名叫如莺；第二个是个儿子，名叫国志；第三个是个女儿，名叫张婷。儿子国志与文京同龄，大文京几个月，性格很开朗，他俩时间不长便成为熟悉的朋友，接触越久，文京越好奇，这个家和村里其他家庭格格不入，先是家庭的环境，他家格外整洁，无论是厨房还是堂屋，更不用说每个房间，几乎是一尘不染，窗明几净。从秦红到三个儿女的穿戴也不同凡响，不仅干净，而且很时髦，无疑引领全村青年男女的穿着潮流。除了张婷仍在读书，如莺与国志都读到高中毕业，气质、谈吐也与村里其他年轻人论起来要高出一筹。但他们一家就是这村里的村民，据说是全家下放到村里来的。

秦红在村里小学教书，她原来是师范学校毕业的，做不来农活，但教书是把好手。尽管村里每逢批斗会都要折腾她一下，但还是让她教书，说是把孩子交给她村民都放心。如莺、国志与我们一样在村里劳动，不同之处为我们是下乡知识青年，他们则是回乡青年。

这个家总看不到男主人（国志的父亲），他们一家究竟是为什么举家从城里下放到这个贫穷偏僻的村里来的呢？文京一直想弄出个究竟，但国志及其全家人一直缄口不谈。

时光缓缓地流逝，文京在与国志一家人接触中，慢慢也了解了一些状况。记得那时县京剧团每年都要到乡下巡回演出，而剧团每当在沙河镇安营扎寨，国志一家人都会十分兴奋地接待一位非常尊贵的客人，国志的小姨秦舒。秦舒是秦红的亲妹妹，在剧团是唱主角的花旦，当时演《红灯记》中的铁梅。秦舒和秦红一样长得十分漂亮，是身材十分匀称，眉目十分清秀的东方美女。她一来就拿一大把观摩演出的票给国志一家，并且说如果票不够，她还可以带人到后台观看演出。文京有过这样令人十分羡慕的待遇。

国志告诉文京，他家过去和小姨一样在县城，父母都在县中学教书，他的父亲叫章志鹤，他的祖父是清末举人，曾做过沔阳知县。父亲是祖父的独苗，他从小聪慧过人，读书一直出类拔萃，一米八的个子，英俊潇洒，在武汉念完高中后，又考入上海一所大学文学系，可谓才华横溢，前程不可限量。大学毕业后，他却出人意料地主动回到家乡沔州县，在县中学谋取了一个教师职业，原因很简单，他爱上了青梅竹马的秦红。秦红也是书香门第出身，文思敏捷，一手隽秀的楷书令人叹服。她也是凭自己的智慧与实力考入湖北省一所师范学校的，是为数不多的分配到沔州中学的女生。她皮肤白皙，有着月亮般的银盆大脸，一双大眼恰到好处地和圆脸搭配在一起，留着当年流行的一双辫子，活跃在校园内。

章志鹤深深地爱着秦红，秦红也早就心许于他。章志鹤回故乡任教不久，两人就结婚了。他们的爱情故事在当时被传为一段佳话，不知让多少青年男女羡慕不已。

婚后他们的生活是幸福的，章志鹤延续了书香门第的做派，着装整洁而挺拔，皮鞋擦得锃亮，梳一大背头，时常写些犀利的杂文指点江山，激扬文字，用一口纯正的普通话教学，因学识渊博，口齿伶俐，在学生中极有威望。

秦红美丽、大方，着装时髦而得体，拥有能歌善舞的天赋，在学校组织文工团，辅导歌舞得心应手，可唱可跳，可弹可吹，可导可演，将学校的文艺活动组织得有声有色、热火朝天。

结婚三年，他们喜得一儿一女，尽管生活在江汉平原一个小县城，但他们的生活丰富多彩，有滋有味，十分充实而美好。这对夫妇在这个县城被很多年轻人奉为楷模，成为他们追求与向往的人生目标。

1957年章志鹤被打成右派，并作为罪犯被判处有期徒刑七年，送到监狱，秦红受牵连，全家下放到沔州县最为偏僻的南端——沙河镇一农村。

时代的巨浪，将秦红摔打得懵懵懂懂、完全不知所措。处于无依无靠、无助无能的情况下，她听从了别人的劝告，与章志鹤离婚，划清了界限，与当地一个贫下中农身份的大龄男子结为夫妻，又生了个女儿取名张婷。

有次，国志与文京聊到这里时文京问他："你还记得你爸爸的样子吗？"

他说："我不到三岁他就坐牢去了，我对他一点印象都没有。"

"你想他吗？"文京问。

他说："妈妈说，我们一家的悲剧都是由他造成的，我们恨他。"

"你恨他吗？"文京又追问。

"我不知道，恨不起来，但也爱不起来。"

突然有一天，晚上八点多钟，国志跑到文京宿舍里，用困惑的眼神望着文京，道："文京，你给我出出主意。"

文京问出什么主意，他说："我给你讲过的，章志鹤到我们村里来了，在浩子家，他要见我和我姐。"

文京说："你妈怎么说？"

他回答："妈坚决不让我们见，她也不见他！"

文京说："那你想见吗？"

他说："我不知道。"

文京看着他，身上还穿着一件薄薄的棉袄，那是早春三月，是一个雨季，淅淅沥沥的春雨绵绵地浸润着大地，屋外漆黑一片，沉闷的雷声不时响起，可能是刚从雨中跑来，国志发际已淋湿，头发也有些凌乱，加上气温较低，他的身子有些微微发抖，文京想，怎么对他说呢，不见？在文京看来，毕竟是亲生骨肉，应该，也必须见，若见，那岂不违背母亲的意愿？

文京只好说："你自己拿主张吧，我不好出主意，如果你想见，心里害怕，我陪你一起去，如果不见，就和我在一起，缓一缓。"

国志没有正面回答文京，他一动不动地坐在床头，一言不发。那晚他们一起靠在床上取暖，一句话没说，一夜无眠。

第二天，文京找到浩子，问那个人走了吗？

第三天，浩子说："走了，在等待的焦虑中，一整夜没睡，大约到五点多，天刚蒙蒙亮，他一言不发地走了。"

从此，国志再没有听到过关于章志鹤的一丝半点消息。

三

秦红农村的家正好坐落在四十来户人家的中间，除了文京等一班知青是他家的常客外，村里的年轻人也乐于到他家串门，不排除这家人在文化修养和谈吐上不同凡响，能给人以知识与启发的原因，更明显与直接的原因是如莺的存在。

刚二十出头的如莺出落得越来越漂亮了，活脱脱是年轻时秦红的翻版。除了皮肤白皙外，她圆圆的脸盘上嵌着一双大眼睛，水灵灵的，十分有神，她的气质完全不同于村里其他女孩子那般粗俗与忸怩。她的举手投足、一颦一笑都十分雅致与得体，真可谓"清水出芙蓉"，被村里年轻人奉为可望而不可即的女神。加上家里让她念完高中，她的谈吐也明显比同龄人高出一筹。

那年下半年，县里决定疏挖电排河。那个年代，水利工程都是人工一锹一锹地挖出来的。村里迎来了外地来的民工，一下子热闹起来，白天，大堤上红旗招展，堤上河下都是挖土机、挑着盛满箥箕泥土的农民，到晚上，村里也添了几分生机，在昏暗的白炽灯下，有打各种纸牌赌博的民工，也有吹号拉二胡唱地方小曲的，串门的也就很多了。

文京发现，最近到国志家串门的多了一个陌生的面孔，几乎每天必到，显然是民工，一打听，原来是这次水利工程指挥部派来的政工员，专门写写画画、做宣传。这小伙姓李，叫李斌，一米七八的身高，身材魁梧，国字脸，看上去英俊又威严，听说也是高中毕业的回乡青年，能写一手好文章，二胡也拉得炉火纯青。有一天，在国志家，听他拉了一首《二泉映月》，文京在那里听得如痴如醉。

显然，李斌在追求如莺，而且，追得如火如荼，义无反顾，他的举动似乎十分明确且认真，"我爱如莺，她属于我，谁也不要再走进这个领地！"

如莺也被这个才貌出众的男人吸引了，她完全接纳了李斌。有一天晚上八点多钟，文京去找国志，刚踏进他的厢房，发现如莺和李斌紧紧地拥抱在一起，并激烈地亲吻着，文京见状，羞怯地退了出来。

关于如莺的绯闻在不长时间里传遍了全村，更多的人们在祝福这对年轻人，郎才女貌，十分美满的一对。他俩的情感似乎也迅速升温，两人经常手牵手在村外田野逗留到晚上十点多才回家，村里一些长舌妇充分发挥其想象力，绘声绘色地把一对恋人在田野亲昵的动作描绘得活灵活现。

秦红知道女儿在恋爱，她断然不能接受如莺的这段情感，什么郎才女貌，什么情投意合，这都是书本对爱的欺骗。秦红认为，爱更多是物质的，是对更好生活的追求。她的女儿如莺有资本，她漂亮、有文化，本来就是城里人，她应该在城里找一个拥有商品粮户口的人家！

她先是找如莺和李斌个别谈话，明确表示，不同意如莺和李斌谈恋爱。她告诉如莺："女儿，我好不容易把你拉扯成人，本想让你在城里找个人家，到时候我也可以沾沾光，这下可好，你还想嫁到农村去当一辈子农民，那要么与他断绝关系，要么你再也不认我这个妈妈！"

如莺是个孝顺的孩子，但她已成年，也有做人的底线，她苦苦哀求道："妈妈，我爱李斌，李斌也爱我，我们生活在一起一定会幸福的，您就答应我们吧！"

秦红毅然决然地回答："如果你与他结合，那我就去死！"

见女儿没有悔意，秦红从那天开始不吃不喝，第三天便难以支撑，卧倒在床，国志见妈妈那虚弱又憔悴的样子，很心疼，去劝姐姐，发现姐姐如莺如母亲一般倔强，仍不低头。秦红将国志叫到跟前，要国志将她搀扶到指挥部找到李斌。她一见到李斌就扑通一下跪在地上，国志和李斌强拉硬拽，把秦红扶到椅子上坐下。

秦红说："李斌，你是一个有前途的小伙子，我女儿是右派的子女，配不上你，请你放她一马，别再去找她了，可怜可怜我们吧！如果你再去找她，我找你们领导反映你作风不正派！”

李斌被秦红这一软一硬的话语吓得退缩了，第二天，他就突然离开了指挥部，从此音讯全无。如莺几次找到他家都没见着他的人影。这段美好的爱情就这样被秦红活生生地拆散了。

过不多时，秦红托人给如莺介绍了一位镇上吃商品粮的小伙子，是一名机械厂的集体职工，患过小儿麻痹症，腿脚有点不利索。如莺死活不愿意。

这位残疾人却煞有介事地说：“她有什么条件不同意？那个出身，还谈过恋爱，说不定是个二手货，我还不一定愿意娶呢。”

秦红用尽浑身解数，终于把这两个年轻人拉扯到一起了，她长叹一口气，觉得找到一个吃商品粮的，这才算是为女儿找到了一份安稳而幸福的生活。

十多年以后，文京回到当年他生活过的小镇，偶尔见到如莺，他几乎认不出她了，在她刻满岁月沧桑的脸上已找不出当年青春美丽的模样，在市场一角，她在一个卖豆腐的档口上用一把扇子驱赶着苍蝇。

文京试探地问：“是如莺姐吗？”她抬头望了文京一眼，迟疑了一下，脸上毫无表情地说：“你是那年下放到我们村的知青吧，要买豆腐？”

文京愕然了。这就是当年那个漂亮充满活力的如莺吗？

文京赶忙回应："不了不了。"逃也似的走了。

四

转眼到了1977年下半年，国家宣布恢复高考，这一消息立刻成为知青们热议的话题。文京和国志一拍即合，立即投入备考。而且这两个都爱好文学，都准备报考大学，选择文科。

虽有几分期待，却也缺乏自信。

文京报名十分顺利，他报考了大学，并选择了文科。

国志报考受到母亲秦红的强力反对，她对国志说："不要报考大学，读大学有什么用，知识多了更容易犯错误，走弯路。你就报考技校吧，一出来就是工人，社会地位高，受人尊重，将来也不容易犯错误。"

国志一开始并不接受母亲的这一观点，拗着性子要去报考大学，此时的秦红就像一头暴怒的母狮，在家大发雷霆，加上又哭又闹，见国志仍不服软，硬把国志赶出了家。

她气急败坏地说："我算是白养了你一场！一点也不讲良心，一点也不识时务，要考大学就从这个屋里滚出去，永远也不要再回来了！我再也不想看到你！"

国志跑过来，在文京的宿舍里一脸一筹莫展的样子。见他与母亲闹得这么僵，文京也只好劝国志："其实你母亲说得不无道理。当今，社会地位最高最吃香的是工人，如果能读个好技校，一出来就当上工人，今后你的生活肯定是幸福的，前途也不可限量。你的母亲是过来人，她的意见肯定比我们这些没有任何社会经验的人更接地气，更适合你的人生发展之路。"

国志和文京在宿舍里反复交流了一夜。第二天一大早，文京把国志送回家。

文京对秦红说："您家国志已经想通了，按您的要求，报考技校，并保证考一个好的技校为您增光长脸。"

秦红脸上终于露出笑脸，她不停地说："感谢文京，我知道你和国志都是明事理的孩子，我支持你们参加考试，接受国家的挑选。"

国志考上了武汉一家超大型国有企业的技工学校，专业为炉前工，是当年宣传画报上渲染最多的工人形象，秦红喜出望外，逢人便说："我们家出无产阶级了，国志当大工厂工人啦！"她还嗤之以鼻地说："文京不听我的考大学考了个师范，出来就要教书当臭老九，一点前途都没有，还是我们国志有出息！"

国志在这个大型国企的高炉前，兢兢业业地工作了一辈子，有次年假期间回来，文京与他谈起工作与生活，他总在讲油盐柴米酱醋茶和艰辛的往事，再也从他口中找不到那种对社会、时代的关注，对文学的执着追求了。

五

到20世纪80年代中后期，秦红家的张婷已出落成大姑娘了，她完全继承了秦红血统中的美丽元素，出落得似一朵绽开的玫瑰，清纯而美丽。继承秦红家的基因，张婷毫不费力地考入汉东师范大学。大学毕业后，分配到湖北省武汉市一所中专任教。

因为她的学识与美丽，从大学一路走过来，她的身边不乏追求者，但在爱情观上，仍然是她的母亲秦红对她的影响最为强大。

母亲秦红常说："女儿啊，千万不要走我的老路，就凭年轻时那浪漫幼稚的冲动，随便把自己的一生托付给一个没经历过风雨、见过世面的愣头青，要充分利用你的资本，找一个成熟、稳重的成功人士，为你未来的幸福奠定牢固的基础！"

经过不懈的努力追求，张婷得偿所愿，找到了一名全国知名的大学声乐教授，身为江城音乐学院的副院长。尽管是二婚，尽管比张婷大十五岁，但张婷无怨无悔，义无反顾地投入到了他的怀抱。

婚后的生活是幸福的，教授的积蓄足以满足张婷的所有虚荣心。她没有和丈夫商量就雇用了保姆，每天上午她穿着流光溢彩的缎面睡衣，用丝绸头巾将长发高高盘起，坐在梳妆台前，精心地打理着那张本就十分漂亮的脸蛋。然后把年轻的保姆叫到眼前，从衣橱里挑出一套又一套衣裙试穿让保姆点评，直到两人感到衣着得体，搭配适当，可彰显高贵与典雅的气质之后才提着时髦的包出门。

两年后，张婷喜得一子，当一个新的成员走进这个家庭以后，张婷对财富占有的欲望越发强烈了。当年，许多小孩拥有文艺的天赋，也有一些小孩文化成绩不尽如人意，家长们就要通过走艺术的捷径，让自己的子女侥幸考入大学，于是各种培训班应运而生。

此时张婷认为，发财的机会到了，于是在1995年她辞掉工作，鼓捣着丈夫开办了艺术培训班，以保证班内学员专业分过线为诱饵，招收艺术考生。

由于有江城艺术学院副院长这个招牌，培训班招生十分火爆，尽管提高了招生的门槛，但一些家长还是削尖脑袋要进班里来。两个学年下来，培训班赚得盆满钵满，但随之而来，一场巨大的灾难降临到了这个家庭。

1998年4月，一张法院传票不期而至，三十多名学生家长联名状告张婷的艺术培训班诈骗受害者资金。

原来，张婷的艺术培训学校曾承诺所收培训学生确保考过一本艺术分数线，结果利益驱使下学校招收的学生参差不齐，每年都有一部分落榜，而当年每期（三个月）培训费高达两万元，落榜的学生家长倍感上当受骗，先是找张婷索取报名费，张婷断然回绝。于是，这些家长联合起来，以诈骗罪将张婷告上了法庭。

学校被查封了，丈夫被停职，漫长的诉讼期把张婷折磨得面目全非，她一头未经打理的头发凌乱不堪，脸上写满了憔悴与疲惫。近一年官司下来，张婷以败诉收场，夫妻俩双双锒铛入狱，张婷被判了三年，丈夫被判了五年。

是什么让一个拥有优良潜质的家庭，竟然落得如此颓败不堪……

迁坟

一

汉州县城关办事处张赵湾村百十来户人家，除张、赵两姓外，基本没杂姓村民，村子离汉州县城关十多公里。2021年春节刚过，村里支部书记赵原便接到办事处伍主任的电话，说是该村的一块公墓（祖坟地）已列入县高新园区征用范围，通知村里立即做群众工作，在5月底前务必迁坟到位。

这个村支部书记总是赵家与张家轮流坐庄，这几年刚好是赵家从部队复员回来的赵原主政，赵家迁坟做思想工作的任务自然落在了他的头上。而张家虽有人在村委会工作，但论威望，做思想工作的任务非赵原的前任张三莫属。赵原属年轻一拨的，自然叫张三为三爹（爷爷辈），他亲自登门来到张三家，把办事处要迁坟的精神向张三做了传达，委托三爹全权负责张氏家族的迁坟事宜。

张三七十有五，别看他年纪大，身子骨还算硬朗，尽管那张又阔又扁的砧板脸上已布满皱纹，但他从年轻到现在一直没变的既长又浓密的三角眉倔强地写在脸上，三角眉下一双眼睛依然炯炯有神，这神态表明他依然思维敏捷。听完赵原的来意，张三马上应道："国家要发展经济，别说祖宗，就是阎王爷都要让路。不屑说那么多，张氏家族迁坟的事就交给我，我张家保证在5月份前把坟迁到位就是了。"

张三在村里当过近三十年的支书，差不多到七十岁了才主动让贤。到如今依然每天戴着老花镜看报纸，看手机上的新闻，上网读文件，不仅识时务、明事理，且思想活络，口齿伶俐，号召力也特别强。那年正月十八，刚好张家有一后生娶媳妇，在村里大摆宴席，张姓的乡里乡亲基本上都来凑热闹了。借此机会，张三把张家主事的户主们召集在一起，向大家讲了迁坟的事。告诉族人张赵两姓新的坟地已经划定，公墓也马上开始建设，办事处希望我们在5月底前将老公墓的骨灰盒和墓碑迁到新的公墓。

开始，有几个户主心存抵触，说道："前些年，说是为了整顿村庄规划，让我们将墓地按规定整齐划一地重新摆布，我们认了，现在又要迁坟，迁来迁去，不说活人受累，就是老祖宗也经不起这么一而再、再而三的折腾。"张三不急着发话，尽管很多人在看他的眼色，他依然鼓励大家畅所欲言，待大家都安静了，把目光聚集到他的身上，他才开了腔："刚才大家都说得好，迁一次坟，就惊动一次我们的祖宗和亲人的在天之灵，我们张家这些年之所以在场面上还算是有头有脸，都是祖宗在护佑着我们，我们不应该随意打扰他们，但大家想，我们的祖宗和亲人们在天之灵总希望活着的我们一天天地好起来。你们应该知道现在迁坟是要发展经济，经济好了，我们的生活不也就好了，这也是祖宗和亲人们在天之灵的愿望吧。再说过去我天天做梦都想做城里人，现在把坟一迁，我们都属县高新园区的城里人了。这不也正是祖宗和亲人的期望吗？"

见老天牌发话了，马上有人应道："这些年我们听您的都讨了好，这次我们还是听您的，您说想咋搞就咋搞。"此话一发，下面再也没有人说三道四了。这时张三拍板道："既然大家没有什么新的想法和意见，那明日我带两个人去找朱瞎子求个黄道吉日，择日迁坟。"

二

按朱瞎子掐指所算，张氏家族迁坟宜在农历二月二十八。"先把入土的祖宗和亲人们安顿好，再到清明让亲人们为他们扫墓，妥妥的！"朱瞎子口中念念有词，张三和同去的几个族人都觉得不无道理，便下发通知，张氏家族迁坟仪式在辛丑年二月二十八日上午八点十八分启动。届时，请各位族人派人动手迁坟。

迁坟对于任何一个家庭都是大事，在孝文化源远流长的国度里，哪个家里人敢在迁坟时表现出不闻不问的态度，背上大逆不孝的骂名呢？二十八那天上午，还没到八点，张氏家族的公墓处就已经乌泱乌泱地聚满了人。因为是迁坟，要显庄重，大家穿得都比较朴素，就连年轻的大姑娘也穿着素色的棉袄和长裤。

既然是政府发起的迁坟，办事处特意安排了一辆挖机，时辰没到，挖机还停在一旁。张三那天显得特别亢奋，穿梭于人群与坟墓之间，与族人一一打招呼，并指挥大家统一把鞭炮分门别类摆放好，他中气十足地对大家说："到八点十八分准时点燃鞭炮，一定要把迁坟仪式搞得轰轰烈烈，借此来壮壮我们张家的威风！"

时辰到了，顷刻间，只见张家坟地猛然咆哮起来，那震耳欲聋的万字头响鞭、地滚炮、冲天炮响彻云霄，那股浓浓的鞭炮硝烟迅速笼罩了整个坟场。那天风很静，硝烟在坟场上空弥漫着，久久不肯散去。

待鞭炮沉寂下来之后，在张三的指挥下，挖机徐徐地开进了坟场，掘墓工程就此展开。

就在挖机开工不久，在通往坟场的碎石道路上，开来一辆日本丰田霸道车，车上下来一老一少两个人，那老人看上去已年过八十，满头白发，戴着一副眼镜，狭长的脸，高鼻梁，尽管人已年老，但皮肤还很白皙，外面穿着一件得体的青色风衣，一条质地柔软白蓝相间的围巾套在脖子上，两端自然下垂于腰间，俨然是一派老书生模样。年轻的看上去有四十左右，英俊潇洒，一头整齐的黑发梳向左边，也是高鼻梁、长脸，两道月牙形的浓眉下那双眼睛大而有神。

那不是彭亮老师吗？在场年纪大一点的人一眼就认出了那位满头白发的老人。张三更是差点脱口叫出他的名字来。但仔细观察的人不难发现，张三看到彭亮后马上很不自然地低下了头，显然他不愿意看到彭亮。而在场的人大多数年纪不大，不认识彭亮，年纪大一点的男女似乎都害怕见到彭亮，更不愿意与彭亮打招呼。

还是年纪小一点来客打破了眼前的尴尬。"各位父老乡亲，我姓彭，"他指了指身边的彭亮道，"这是我父亲彭亮，我叫彭张华。"他接着说，"张小瑛是我的母亲，前天，听我父亲的一位学生打电话告诉我们，今天张赵村要迁坟，我和父亲是特意赶来为母亲迁坟的，还请大家多多关照！"

三

张小瑛，在场的男女老少一听到这个名字马上愣住了，尽管这里很多人没有见过她，但她的故事在张赵村可谓家喻户晓。这个世界往往就是这样，很多人很多事，只要不再提起，人们早已将它扔到九霄云外，但一旦提起那个人，那些事就清晰地再现在人们面前。张小瑛的往事，在张赵村几乎人人尽知，但在彭亮父子面前，肯定没有人愿意再提起。

今天如果彭亮父子不来，还真没有人为张小瑛迁坟了，因为张小瑛的父母几年前就已经去世了，她家四个兄弟姐妹倒是还在，今天来了两个弟弟，但他们只是为长辈迁坟的，其实他们也不是不想为姐姐迁坟，只是完全不知道张小瑛尸骨掩埋的方位。

大家简单地寒暄了几句便各自守到自家长辈和亲人的坟前。彭亮也带着彭张华来到张小瑛的坟头。

掘坟的进展还算顺利，挖土机的工作效率很高，不到两个小时，几乎百分之八十的户主已经拿到了自己长辈和亲人的骨灰盒，也陆续将各自的墓碑装在了事先准备好的大车上。拿到骨灰盒的人们用先前准备好的大红绸布小心翼翼地将擦拭干净的骨灰盒包裹起来，准备按张三安排好的程序和其他族人一道，排队走一程，然后乘坐停在大路上的五辆面包车，一起到新公墓，把长辈和亲人安顿好。迁坟仪式结束后张三还筹集了一笔钱，特意请家族的各位在村部共进晚餐。

到十一点钟，几乎所有的骨灰盒和墓碑都已经从旧坟地里取出。只剩下彭亮的妻子张小瑛的骨灰了。挖机先是在彭亮指定的方位挖，不见骨灰盒的踪影，只好在此基础上扩大了开挖的范围，但挖出来的都是土，仍没见骨灰盒的影子。

当年张小瑛是彭亮一手安葬的，彭亮认为应该就在这个方位，但毕竟过去四十多年了，这里的地势已经发生了很大的变化，加上扩充了范围仍然不见结果，弄得他也拿不准了。

挖机还在辛苦地工作着，时值冬天，那天是个晴好天，太阳把温暖的光芒洒在冰冷的大地上，缓解了守候在这里的人们的寒意。尽管时间在缓缓地向后推移，等候的人们仍一动不动，都表现出要耐心等待的姿态。

四

此刻，在苦苦寻觅张小瑛墓地的彭亮仿佛回到了四十多年前，那一幕幕情景又映入脑海，浮现在他眼前。

他的思绪回到了20世纪70年代初的万丰中学，那是州湖县城关办事处下属的一所片区初级中学，是彭亮步入社会的第二个驿站，名牌大学中文系毕业的他被打成右派后，先是被下放到大雁湖农场劳动改造，在那块土地上生活了十多年后，被分配到了城关镇万丰中学。这所中学离张赵村仅两里多一点的距离，张赵村的孩子们要上初中，就在万丰中学。

1971年9月1日，万丰中学举行开学典礼，初一新生该校招了两个班，一个班四十五人，合计九十人，张小瑛就在其中。张小瑛被分到了彭亮班上，至此，张小瑛走进了彭亮的生活。

在众多学生中，张小瑛是一个比较特别的新生，这不仅仅因为她是支部书记的侄女儿，当时在农村，女孩子入学比例很低，这个班上只有三名女生，张小瑛是其中唯一来自农村的，也是在女生中年龄最大的。当时一般初中入学在十二三岁，张小瑛已经十四岁，而且明显有点发育成熟，一米六二的个子，梳着当年流行的两条粗松的齐肩短辫，她身着朴素而宽松的服饰，皮肤略显暗沉却很细腻，双眼皮，浓密的一字眉下面一双又圆又大的眼睛活力四射，圆润的脸颊，线条柔和的嘴唇与挺拔的高鼻梁十分搭配，看上去是一位水灵且活力四射的乡村美少女。

据同村的其他同学介绍，张小瑛家原本是不让她读书的，父亲张四娃十分重男轻女，一家五个小孩有两个女孩，张小瑛是小女儿，大女儿已经没有了学业。张四娃也没有让小女儿读书的打算。但张小瑛死活不肯，在家又是吵，又是闹，最后拿不吃不喝来要挟父亲。在她八岁那年，张四娃总算松了口，将张小瑛送到了村小学。没想到她一路读来在学校成绩总是名列前茅，同村同年级的男女学生都被她给抛到后面，这给张四娃脸上增添了不少的光彩。由此，张四娃也就彻底放弃了不让张小瑛读书的念头。

初入中学的张小瑛一扫农村女孩那种腼腆、羞涩、胆小、扭捏、羞于出头的做派，她的落落大方、快言快语立刻引起了作为班主任的彭亮的注意。第一篇作文，彭亮要求学生以"难忘的一件事"为题，写一篇文章。阅读张小瑛的文章后，彭亮更是对张小瑛刮目相看了，她写的正是自己争取上学那件事，她在文中写道："我已经第三天食水不进了，这次是下了狠心，只要父亲不让我读书，我饿死也不低头。已经有气无力的我躺在床上，半闭着眼，怅然望着屋顶。父亲一根根地抽着烟，在家里来回走着不停地唉声叹气，母亲流着泪，眼巴巴地望着父亲，期待着他松开金口，但是，他就是不开口。到第四天，父亲特意割了半斤肉，让母亲去做我最爱吃的辣椒炒肉。厨房里，那炒肉的声音在嗞嗞地响，肉香弥漫了整个屋子。不一会儿，母亲把炒好的肉端过来，又为我满满地盛了一碗饭，饥肠辘辘的我依然没有为之所动，母亲只好摇着头，将没有动的饭菜端了回去。直到第四天晚上父亲才叹了一口气说：'这个讨债鬼，就让她明天去报名吧！'"

彭亮万万没有想到，在这个穷乡僻壤，居然还有文笔这么好的学生。他在第一次学生作文评讲中，便重头推出了这篇作文。同时，彭亮从张小瑛身上突然想起了年少的自己，作为曾经的名牌大学中文系的学生，他从小对文字的悟性是很高的，他感觉到张小瑛应该是一个可造之才，本来已经有些万念俱灰的彭亮在张小瑛身上似乎又找到了事业的支点，他想尽量去挖掘和拓展张小瑛的这种难得的天赋。

而张小瑛更是经常主动地到办公室找彭亮老师，要求他推荐一些好文章给她看，同时希望他一对一地辅导她写作文，彭亮还刻意多布置一些作文让张小瑛去练习。

他告诉张小瑛，写作的关键在于勤于观察，善于思考，他要张小瑛回家就注意观察牛的生活习惯，看它吃草咀嚼的动作和形态，斗牛时牛的眼神，角力时前后腿的支撑点以及肌腱的形状等，把这些写下来文字就生动了。

他还告诉张小瑛，写人，不要停留在叙述，要写出人的外貌特征、心理、神态，只有多观察思考，才能把人写活。

张小瑛乐在其中，她深深地为彭老师的才华所折服，她也在彭老师的睿智里看到了她人生的目标与期待。

五

1973 年，彭亮由万丰中学调到城关一中任高中语文老师。

张小瑛当年也因成绩优秀被城关一中录取，在不经意中又分到了彭亮所带的班上。在彭亮老师那里报到后，张小瑛感到了一种莫名的兴奋，上学前，她曾默默地祈祷过，或许是冥冥之中命运的安排，她竟梦想成真了。

她时常感到她与彭老师无论是相处、交流还是听他的课，那是一种灵魂的碰撞，一种默契的心灵之交。他们依然是在文学的芳草地上舒展各自的灵感与心智。彭亮像一个魔法师，开启了张小瑛文学的智慧之门，他把自己过去在大学期间写的或发表过的作品读给张小瑛，还经常利用下班后的时间给张小瑛推介李白、杜甫、高尔基、奥斯特洛夫斯基等文豪的作品，每当这个时刻，他仿佛又回到了大学时那激情澎湃的年代。有时，他还情不自禁地朗诵自己创作的诗歌作品来激励他的学生："无畏的帆船最好和逆风交朋友，拼命摇桨奋力撑篙吧，在奋斗者心里何曾有抛锚的港口！"

在浩瀚的文学海洋里，彭老师似乎为张小瑛打开了一扇明丽的窗，执着、开朗、明亮的她以她的悟性与灵气写出了一篇又一篇优美的作文。彭老师带学生们在汉江边看江水，到码头看轮船，张小瑛便写下《客轮离岸后》。她写道："客轮依着清澈的汉江水顺流而下，轻轻地来，带来过往的客人，带来令人慰藉的问候，带来城里那全新的信息。客轮逆江而上，又撩拨起人们对远方的畅想，对都市的向往，点亮着人们追寻文明与幸福的光芒！"

在彭亮的引导下，张小瑛的心智变得格外宽广，个性更加张扬，精神更加富有。

两年的高中生活一晃就过去了，在高中毕业的前夕，同学们都准备了留言本，张小瑛也不例外。她准备了一个精致的塑料皮笔记本，细心的她把扉页留着，拿着本子让同学们写留言。最后，她还在留言本中夹杂了一篇散文诗，题目叫《绊根草——致老师》，其中写道："绊根草，造物主赋予了无数野草的生命，在我眼中，你是最让我偏爱的一株，不管风雪严寒、烈日炎炎、野火燎原。无论执意铲除或横加践踏，只要那根还深深埋在土里，你的生命仍然会绽放，你的绿茵依然会把大地装点……"

她把留言本和散文诗亲自送到彭老师手上，告诉老师："留言本上的扉页是留给您的，请您在我即将步入社会时给我留下珍贵的嘱托。"

彭亮十分凝重地接过张小瑛的文章和笔记本，沉思片刻，便在张小瑛的留言本扉页上写下了这么一行："青春——火红，火红——青春，去用青春编织你执着的梦想，去用汗水谱写你人生火红的篇章。"除了留言，彭亮还特意送给张小瑛一支当年十分珍贵的英雄牌钢笔。

依依难舍的师生情，难舍难分的同学情，在毕业时表现得淋漓尽致。高中毕业后，张小瑛和其他同学一样，各自回村，成为当年所称的回乡青年的一员。

六

·

回乡后一直在关注着彭亮老师的张小瑛得知，彭老师借暑假空闲已在血防医院住院了。他原来劳改时，那个农场是血吸虫窝子，他患血吸虫病已经好几年了，拖到现在已经影响到了他的肝功能，医生建议他务必尽快住院治疗。

张小瑛义无反顾地来到医院，尽管彭亮再三推辞，张小瑛还是承担起了在他住院期间精心照顾的义务。她把家里的鸡蛋拿到病房床头，每天为彭老师弄蛋花水喝。她隔三岔五地将地里新鲜的蔬菜采集过来，为彭老师做出可口的饭菜，看着彭老师吃。

只住了半个月院，整个疗程便结束了，彭亮要出院，张小瑛执意要送彭老师到学校。

这是张小瑛第一次到彭老师宿舍，那是一个平房宿舍，是一个面积约二十平方米的筒子间，半个月没人住了，一开门，一股霉气扑鼻而来。走进去，房间的摆设还算有条有理。张小瑛不顾老师的反对，将房间的门窗打开，从平房前的水龙头打来一桶水，开始对房间的床铺、桌椅等细心擦拭和清洗起来。用了一个多小时，总算把房间整理得干干净净了，张小瑛才准备离开。彭亮叫住了她，叫她把门窗关上，然后从床下面拖出一口陈旧的木箱，从口袋里拿出钥匙小心翼翼打开箱子。箱子里是一本本陈旧的书籍。他从箱子里拿出一本《三家巷》交到张小瑛手上，说："这是些古今中外的文学名著，你先拿一本去看看，看完了如果觉得好再来拿。"

张小瑛很快就读完了《三家巷》的第一部，她迫不及待地去拿第二部，这次去见彭老师，她将学生时代的两条小辫剪掉，将头发梳得整整齐齐，扎了个当时青年女孩流行的羊角辫，穿上了她最喜欢的那件白色的细布衬褂，大大方方地来到彭亮的宿舍。张小瑛的到来，让彭亮眼前一亮，笑着脱口而出："哎呀，我的学生现在已成为一位仪态大方的美女子了！"一句不经意的话把张小瑛说得满脸通红，像抹了一层胭脂，显得更加美丽动人了。

彭老师小心翼翼地从那口箱子里翻找出那本《三家巷》第二部，交到张小瑛手上。张小瑛接过彭老师递过来的书，仔细地打量了彭亮，老师当时已经三十多了，头上已添了几根白发，仔细看眼角也已有丝丝鱼尾纹，但他的眼睛依然炯炯有神，闪烁着智慧的光芒。四目相对，是彭亮率先有些不舍地移开了对视的目光，他马上去打开门窗，催促道："小瑛，你先去吧，我还有事去办公室。"

书在一本一本地换，张小瑛在频繁地来，两个人越走越近，他们心里都知道，两个人不再仅仅是师生关系在支撑着。彭亮从内心深处是喜欢这个美丽且充满青春活力的女孩的，但他又不敢去往深处想，在他心中，张小瑛就像是一幅纯洁无瑕尽善尽美的画，他绝不能去破坏她，沾染她，玷污她，他只能装糊涂，把爱深深地埋在心底。而张小瑛情窦初开便认定了彭亮就是自己的意中人。

七

1974年的冬天，天气冷得特别早。11月中旬就下起了雪，皑皑白雪覆盖了大地。11月24日正是彭亮三十六岁的生日，学校刚放学，彭亮打着伞回宿舍，只见张小瑛已在宿舍门口等着。

为给老师庆祝生日，张小瑛特意从家里拿了八个鸡蛋，在街上买了一斤面，说是为老师做一碗寿面，庆祝一下。彭亮不好推辞，只好将宿舍里的煤油炉点起来，让张小瑛下面条。煤油炉的火很旺，不一会儿水在铝制钢精锅翻滚起来，张小瑛把面条丢下去，随即，面条也煮沸了。张小瑛手脚麻利地放了些佐料，然后将八个鸡蛋打进锅里。不一会儿鸡蛋也熟了。张小瑛将面条从锅里捞起来，将八个白花花的荷包蛋盖在上面给彭亮递过去。彭亮说："吃不了这么多，分一半给你吧。"张小瑛很爽快地把锅里还剩下的面条捞起来，夹了三个荷包蛋到自己碗里。彭亮一边吃，一边看着张小瑛，不经意的一股暖流在心中涌动。还是在读大学时，同寝室同学为他过过生日，那是二十年前的事了。想到此，他眼睛不自主地模糊了，泪水顺着那长形脸颊缓缓地流下来。张小瑛见状，立马放下碗，用手去为老师擦拭眼泪，顺势扑在了彭老师的怀里，轻轻道："彭老师，我爱你！"彭亮不知所措地挣开张小瑛，说道："张小瑛，不要这样，千万不要这样，我不配！"张小瑛不依不饶地说："老师，你有什么不配的？我是个农民，你是大学生，又是教师，是我不配吧！"彭亮此刻不敢直视张小瑛，毫无底气地回答："我已经三十六岁，快成为老头子，又是一个右派，哪能配得上你呢？你还是死了这条心吧！"张小瑛用十分坚定的口吻回答道："彭老师，我今年已经十九岁，也是成年人了，爱你并不是我一时的冲动，我既不嫌弃你年纪大，也不在乎你右派的身份，我只知道你是我灵魂的伴侣，是我人生的引路人！我对爱情的追求绝不会像一个农村姑娘那样用世俗的眼光去判断对方，决定取舍，我要找一个与我心心相印的人成为我的丈夫！除非你嫌弃我、不爱我，否则，我会死心塌地爱你，不离不弃！"

　　面对张小瑛一往情深的倾诉，彭亮无言以对，他沉思片刻后说："小瑛，我们真的不合适，我不想再说什么，你回去吧，我今天还要上晚自习。"

见彭亮仍然如此冷漠，张小瑛抑制不住地流下了伤心的眼泪，她对彭亮说："您去上晚自习吧，我现在头晕，让我在这儿待一会儿，待缓过来我再回去。"

彭亮上晚自习回来，已经是晚上九点半，当他把宿舍门打开时，见张小瑛依然在他宿舍里，用一双火辣辣的眼睛看着他，此刻彭亮完全抑制不住那如洪水猛兽般的激情的冲击，他关好门，径直走过去，一把握住了张小瑛的手……

八

两个相爱的人就这样开启了炽烈的爱情之旅，他们全然不顾及曲折而艰险的航道上将要经历多少惊涛骇浪，狂风暴雨，暗礁险滩。

彭亮像生活在梦中，他油然想起了《田螺姑娘》的故事，更让他觉得这是苍天给予他的最厚重的恩赐。他实在无法对张小瑛表示一种至诚至爱的心意，有一天晚上张小瑛来到他宿舍时，彭亮告诉她："今天发工资，我买了点东西送给你。"说着，便从衣柜里拿出两块布，彭亮告诉张小瑛：这块蓝色的毛哔叽面料你拿去做条裤子，那黄红相间的格子涤纶面料去做件春装，裁缝的工钱夹在面料里。尽管张小瑛一再推辞，在彭亮的坚持下，她还是接受了。

差不多半个月的光景，两件衣服便做好了。正好春天已经来临，张小瑛穿着一套崭新的服装，像仙女一样飘进彭亮的宿舍。看到着装得体美丽多情的张小瑛，彭亮忍不住张开双臂把她揽进怀里。

那个春天，在城关中学宿舍院内，夜幕降临时间或会有一个衣着黄红相间格子春装的美女像一只飞舞的蝴蝶，飘然而至，来到彭亮老师的房间。

这一现象在学校部分老师看来，很平常，有可能是彭老师在谈恋爱，他毕竟是孤身一人，又这么大年纪了，谈恋爱无可厚非。也有可能是文学崇拜者在与彭老师切磋文字，所以就没有在意。

但仍有部分老师认为彭亮勾引学生，有严重的作风问题，由此便开始有风言风语。这话越传越玄，越传越广，竟然让张赵村的人也知道了。先是张小瑛的父母责问她，她不置可否。而村里的闲话却是越来越多，而且绘声绘色。完全拿女儿没有办法的张四娃只好找到时任村支部书记的张三，让他拿主意。张三对此事早有耳闻，见堂弟四娃总算找上门了便说道："伤风败俗，把村里的名声都搞臭了，既然你也反对女儿做这等事，那就交给我，看我的，还无法无天了。"

那年4月初的一个晚上，张小瑛又悄悄地来到了彭亮的宿舍，本来那段时间风声紧，张小瑛来得晚一些。她知道今天晚上彭亮有晚自习，便用早已配好的钥匙，轻轻地把门打开，为安全起见，灯都没开，便坐在沙发上等待彭亮。

九点四十分，彭亮回到宿舍，两个人便紧紧地相拥在一起。不到十分钟，彭亮的宿舍门便被紧锣密鼓地敲响了！两人知道大事不好，彭亮有点不知所措，倒是张小瑛十分冷静。她打开门一看竟是村里的几位年轻人，看上去个个义愤填膺，正气凛然，张小瑛道："我和彭老师是恋爱关系，是我主动找的彭老师，有什么事就冲着我来。"来的人理都不理睬张小瑛，一边推开张小瑛，一边直接往房间里冲。在场指挥的村书记张三吼道："快快把那个老流氓抓起来！"五六个年轻人像老鹰抓小鸡似的把彭亮从床上抓了起来。张三指挥道，把这个老流氓的衣服脱下来，接着又用事先准备好的绳子将彭亮五花大绑起来拳打脚踢了一通。

尽管张小瑛拼命地制止，但张三指派两个年轻人拉住她，不让她靠近。

学校宿舍深夜十点闹闹哄哄，立刻吸引了一些围观者。

轰轰烈烈的动静也惊动了学校的一位校长，在校长的劝说下，人们陆陆续续地散去了，操场上只剩下彭亮和张小瑛。张小瑛一边流着泪，一边为彭亮解开绳子，搀扶着他，缓缓地向宿舍走去……

学校迅速做出如下处理：彭亮作为右派，本应遵纪守法，珍惜组织给予的工作机会，潜心教书育人。但其内心依然卑鄙、肮脏，不仅勾引曾经的学生，且做出道德败坏的行为。为保护学生不再受到侵害，拟取消彭亮教师资格，并将其关进全封闭式的学习班。

而此时的张小瑛已经怀孕了，一直等到孩子出生，彭亮也没从学习班出来。更为不幸的是，张小瑛因难产而死。

九

负责迁坟的挖机还在彭亮指定的那块区域刨着土，此时已经是下午三点了。彭亮恳请在等待的人先去新墓地安顿前辈或亲人，但没有一个人肯挪动脚步，大家都拒绝了彭亮的恳求，而且自发且耐心地在一边等着。

张小瑛出事的第二天，张三向公社通报了此事，当时公社一位主要领导听取了学习班负责人的汇报后，说道："人命关天，而且办理后事彭亮必须到场，还是把彭亮放了吧。"

从学习班出来，便听到张小瑛的死讯，彭亮如晴天霹雳。他立马赶到张赵村，只见张小瑛的遗体放置在她家的门外，彭亮痛不欲生地扑上去，揭开盖在她头上的白布，只见她临终时的样子十分凄苦，一张圆脸被痛楚扭曲了。

彭亮瘫坐在地上，有人把彭亮搀扶起来，开始为张小瑛入殓。他从张小瑛母亲手中接过嗷嗷待哺的孩子，总算挺过来了。

　　张四娃将死去的女儿视作蛇蝎，弃之不管，彭亮一个人弄了一辆板车，将张小瑛的遗体拖到火葬场，骨灰盒是当时在火葬场购买的一个上了釉的白色瓷团子。彭亮将那支英雄牌钢笔、留言本放在骨灰盒上，用张小瑛那件黄红相间的涤纶格子春装将骨灰盒和那些遗物包裹起来，准备埋在她祖父的墓边上。但张四娃死活都不让，认为那辱没了他的祖宗，坏了家里的风水。无奈彭亮只好按张三的意见，在离公墓周边还有近二十米的角落里将张小瑛下葬。

　　彭亮清楚地记得就是这个地方，怎么突然间找不到了呢？莫不是有人将她的骨灰盒移走了？应该不可能吧！这时，有一个年纪大一点的村民走上前来，对挖机的司机说："这块地村里早年疏挖排水渠盖上了很多土，建议不要再开场子了，你试着往深一点挖看看。"司机采纳了他的意见，把车移到彭亮开始指定的那个点，用挖机继续往深处刨起来，第一下，依然不见目标，接着，挖机又深入地刨了一铲。那铲土刚刚离开地面，彭亮眼前一亮，他看到了那件黄红相间的格子春装的一角了，此刻，他不顾一切地扑了上去，用双手在那里没命地刨起来。

　　那衣服包裹着的骨灰盒赫然呈现在彭亮的眼前，抑制不住悲痛的他瘫软地扑倒在骨灰盒上。儿子彭张华也忍不住号啕大哭起来，他知道他父亲心中的苦。记得他懂事后，他父亲告诉他，安葬好母亲后，父亲便带着他离开了这块曾经给过他幸福的爱情，却又让他伤心欲绝的土地。他们回到了家乡安徽。不到两年父亲平反并恢复了工作，但依然孑然一身，将自己抚养成人。

骨灰盒总算是抱在了彭亮的手上，父子俩双双跪在那刚翻动的松土上。站在一边等候的人们在张三的示意下，迅速走了过来，组成一个圈子将彭亮父子俩团团围住。人们带着肃穆的神情低头伫立着，包括张三在内的多数年纪大的乡亲还流下了伤心的眼泪。

沉默片刻，彭张华扶着父亲挪步到自己的小车后，从车后备厢拿出一个十分精致的骨灰盒，小心翼翼地将他母亲的骨灰打开，匀了一部分骨灰放到这个盒子里，然后用准备好的红绸布把两个骨灰盒包裹起来。彭张华解释说："我父亲年岁大了，他要把我母亲的骨灰带一部分回老家，请大家理解。"

大家开始向新的公墓移动了，彭亮抱着骨灰盒汇入人流，张家所有人眼巴巴地等着，一定要彭亮走在最前面。恭敬不如从命，父子俩迈着沉重的步伐走在最前面。脚踏高低不平的碎石路，不一会儿就上了刷黑的沥青大路，大路上停着几辆大巴，张三指挥人上车，彭亮父子拒绝了，新墓地离这里只有两公里，他俩不想上车，想多陪一下九泉之下的张小瑛。

抱着骨灰盒，他俩肃穆地向前走着。后面的人见他俩不上车，也都没有上车。一条长长的队伍抱着骨灰盒，有序地走在大路上。

张三在新公墓备用的墓地中挑选了一个大家都认为风水最好的地块，让彭亮把张小瑛的骨灰盒安放于此。

父子俩在安排好的地方安放好骨灰盒，彭张华又匆匆去旧公墓处把车开过来，从车上搬下一块早就准备好了的墓碑，恭恭敬敬地立在了张小瑛的墓前。墓碑上镶嵌着一张张小瑛年轻时的黑白照，照片下镌刻着一行大字：张小瑛之墓。大字的旁边还有一行小字——夫：彭亮　子：彭张华　媳：刘蓉　孙：彭灿　彭浩　敬立。

土生土长

要说偶然，宋土生能来到这个世界上就再偶然不过了，生他的时候且不说他上头已经有六个哥哥，他母亲年已过四十五岁，村上嘴碎且没有生育的王二婶斜着眼、瘪着嘴不无嫉妒且揶揄地说："就算你张咪再会生，也不可能再生出一个娃来了！"

张咪和丈夫宋铁柱压根儿不想再要娃，眼下六个要债的儿子已经弄得他们只能吃糠咽菜才能勉强维持生计，哪还有那份要娃的心呢？尽管生活的压力巨大，但那宋铁柱与张咪都属于乐天派，且感情甚笃，两个人那方面的欲望并没有因为生活的艰难而淡然，加上20世纪50年代末期，没有计划生育政策，农民也无法知道有什么避孕措施，不管你想要不想要，只要是怀上了，就只能闭着眼睛生下来，是贵是贱反正是一条命。但宋铁柱和张咪生怕了，生下第六个以后就商量绝不能再要了，主要是养不起。从此，每次做那事都小心翼翼，但张咪的肚子还是又鼓了起来。

那时乡下没有做人工流产和引产的医生，他们只能硬着头皮把这个娃生下来了，宋铁柱无奈地笑着说："这下总算凑齐了。"他先前生的六个儿子的名字后面都有个"生"字，前面分别是"金、银、铜、铁、水、火"，就差个"土"字，所以，这个娃自然而然便取名为"土生"了。

宋铁柱和张咪看着这个一生下来眼珠就滴溜溜转的小子心里可犯愁了，这怎么养得活哟！

当年宋土生出生在汉州县三沟镇宋家台村，地处江汉平原腹地，土地肥沃，种什么长什么，而且产量高，但整个三沟镇人均耕地不足一亩，就算是长金子也喂不饱这一大家子呀。

愁归愁，土生这小子的命特别硬，基本靠吃菜糊糊长大，脸上有红似白，不胖也不瘦，不到一岁就能走路了，刚满一岁便能牙牙学语，一岁半就有一张讨人喜欢的小嘴了，张咪心里特别喜欢这个"不速之客"，她刻意把土生和他几个哥放在一起比较，认为土生的聪明劲明显优于他的哥哥们，所以有些溺爱他，并且节衣缩食地让他读到初中。

二

初中毕业后，尽管他一百个不情愿辍学，但家里实在无法供他上学了。家里先是让他去放牛，他不去，勉强去了也是放散牛，好多次邻里乡亲怒发冲冠地找到他家里来，说是他家的牛吃了自家的庄稼，高低找宋铁柱和张咪索赔，为这件事，土生没有少挨打挨骂，但仍然是屡教不改。

没有办法的铁柱只好把土生带到地里让他去打下手，也顺便教他学学农活，但看得出来，他对农活没有丝毫的兴趣。恼羞成怒的铁柱经常提着土生的耳朵，咬牙切齿地说："我看你这个混账东西将来靠什么来养活自己！"倒是母亲张咪十分疼爱这幺儿子，每次带着鸡蛋上三沟镇集市上赶集时都带着他。只要一到集市上，土生就格外活跃了，长在那张削骨脸上的小眼睛显得特别灵光，妈妈卖鸡蛋成交后还没等大人算账，他便一口气把交易的价钱说出来了，这也是没读过书的母亲每每要带他到市场的原因之一。他还总能嗅出市场上哪个摊位上的菜最新鲜，价格最公道，并且能随口说出其中的一、二、三来。母亲常在父亲面前夸土生是个"精猴子"，将来肯定有饭吃，父亲却不无嫌弃地说这个小子是个油腔滑调的"泼皮鬼"。

时间一天一天地流逝，生活的艰辛不仅仅在煎熬着家大口阔的宋铁柱一家，由于土地资源的贫乏，三沟镇农村的家家户户都在为生计而犯愁。尽管政府层层严加看管，不允许农民从事视为资本主义尾巴的务工经商，但还是有农民迫于活命，开始寻求其他门路。

　　于是当年在三沟镇上，为了生计而派生出的活路可谓五花八门，不一而足。

　　有的村由一个木匠带上两三个徒弟走村串户，专门为农村的家庭做家具，三八台、五屉柜、神龛子、八仙桌都是那些匠人的拿手好戏，一个拥有木匠手艺的人比农民活得不知道滋润多少倍。

　　做裁缝也是农村农民摆脱贫困的生计之一，一个裁缝、一台蜜蜂或大桥牌缝纫机，再带上三五个徒弟，手艺好的师傅都是坐商，隔三岔五便有农民扯上几尺布上门来找他们，师傅便用一根软尺为顾客量身打造一件逢年过节才上身的新衣，这职业既让人羡慕，又受人尊重。

　　还有做泥瓦匠的，打棉絮的，暗地里挑八根系的，等等，这些活计在三沟镇可谓暗潮涌动，方兴未艾，尽管被那个时代视为另类之举，但各级领导根据当地的实际情况也就睁一只眼、闭一只眼。宋家台村当时就是一个裁缝村，村里有个叫宋老五的裁缝手艺了得，在周边名声大得很，无论是李台村、尹台村、赵台村还是刘家台村，只要是做衣服，农民便不辞劳顿，步行十多里，来找宋老五做衣服，尤其是逢年过节之际，宋老五的门前便格外热闹了起来。

土生一天天地长大了，到了十七八岁也不好好种地，在农村就是个混混，他家就住在宋老五隔壁，宋老五也算是土生一个房头的叔子，有事没事他总爱上五叔家晃悠，五叔见他还算聪明，不止一次似开玩笑又似认真地说收他为徒弟，"当个裁缝有饭吃哟！"五叔常劝道，土生听不进去，他说他不想学手艺，这个事太箍人、不自由，他说他喜欢到外面去晃。

在五叔这里，他认识了一个一年中光顾这里最多的顾客，是隔壁尹台村的，叫尹有为（原名尹毛子，后来他自己给自己取了个名字）。这尹有为四十出头，穿着一件五叔为他做得十分得体的蓝色哔叽呢布料的中山装，长着一张油腻而狭长的脸，三角眉下有一双十分有神的大眼睛。土生认识他的那一年，他到五叔这里来了不下七趟，每次除了自己做衣服外，总带着为女人做衣服的面料，他从不把女装的对象带来量尺码。五叔悄悄地告诉土生，这家伙是为他的"情况"做的衣服。土生问五叔他是干吗的，五叔也说不上来，只知道他手里还有几个钱。

这一去二来，土生居然与尹有为打得火热，两个人坐在一起便天南海北地聊起来，那话长得拿镰刀也割不断。谈话间，土生终于知道，尹有为是个"卖狗皮膏药"的，这引起了土生的极大好奇，也撩拨起了他对这一营生的极大兴趣。两人聊到深处，土生突然提出："尹叔，我想当你的徒弟，跟你去闯江湖！"尹有为瞪大圆眼，望着这个尖脸小眼睛、矮小而精瘦的年轻人，不解地说道："你是个苕货吧，这个行当可是人人都不齿的要饭一样的行当，我是误入歧途啊！哪一碗饭不好吃，你要入这行，不妥，不妥！"土生坚定地回道："是不是瞧不起我，不愿带我？我可是个天生跑江湖的料哦！"尽管土生死缠烂打，但尹有为依然不肯应允，最后，无奈之下尹有为说："既然你这么痴迷，那我先带你去走一趟再说。"

三

第一次随尹有为出去正是春夏之交，土生死乞白赖地找家里要了两元钱，就带了一套换洗的衣裳出去了。两人坐了一辆行驶十分缓慢的公交车，在十分颠簸的碎石公路上行驶了足足一整天，终于来到了四川境内的一个山区小县城。一下车，尹有为便在车站一家小旅馆开了一间套房，里外共两间。土生不解地问："我俩挤一张床不就够了吗，何必浪费那个钱？"尹有为诡秘地一笑道："小屁孩，你知道个啥，就是一个人我也要开两间房，那是有用途的。"

吃过晚饭，尹有为便叫土生将里面那间房门紧闭，开始捣鼓一些事了。土生哪里睡得着，他是来做学徒的，师傅怎么不教我呢？那间小宾馆的门可连一点缝都没有，封得严严实实。土生开始叮嘱自己，要有耐心，等待时机。带着几分不爽土生进入了梦乡。

一碗稀饭，一个馒头，吃过不能填饱肚子的早餐后，尹有为把土生叫到房间，向他交代了有关事宜。九点多钟，尹有为换了一身行头，上身是一件布扣子便衣，下身是一条中腰裤，出门便带着土生来到车站路口，开始了他的工作。只见他把手里提着的包往地上一扔，脱下马褂，赤膊上阵，走马步似的围着一个圈子走，边走边吆喝道："各位父老乡亲，大爷大叔，大哥大姐，我乃李氏宗祠十二代传人，专治跌打损伤，腰肌劳损，头疼脑热，背痛背痒背心胀！"随即他做了几个诸如白鹤亮翅、马步蹬石等武术动作，再从包里掏出一根铁杆，往手臂、大腿、前胸上不断地拍打着，叫唤着。随着他的拍打和叫唤，人来人往的车站门口自然便圈成一个密密麻麻的圈，好奇的男男女女都盯着他的表演。

他又从包里掏出一块膏药，拿在手上不断地摇动着，叫道："各位看一看，瞧一瞧，我这膏药是祖传偏方，活血化瘀，舒筋、止痛，专治跌打损伤，对月经不调、痛经滞经也有特效！大家不信看哪位可以现场试试，我这膏药一贴在病灶之处便发热、热胀冷缩，体内一热血管便扩张，血流一顺，百病消除！"

经他这一蛊惑，站在人群中的土生和其他人立马提出来试试，尹有为选择了土生，将他的裤管卷起，将膏药贴在了他的腿上，过了半分钟，便问道："有感觉了吗？"土生立马像小鸡啄米似的点点头，并伸着腿要周边的看客去摸，几个摸着的人也纷纷肯定地说："是的，好热好热。"见大家已产生互动，尹有为顺势道："今天我手里的存货不多，不信你们看。"只见他把包打开往地下一抖，才二十几张。他接着说："这药每张本来成本六毛，遇到大家是缘分，亏本卖五毛一张，想要的赶快出手，迟了没有了。"大家还在迟疑中时只见土生立马凑过来，大声喊道："我先拿三张，有效再找你。"说罢掏出一块五。尹有为收了钱，将膏药包装好交到土生手上。见有人一出手就买三张，其他的人便凑了上来，纷纷求购，不到十分钟工夫，膏药便一抢而空。还有人要买，尹有为道："我们住车站旅馆108号套房，不仅是跌打损伤，我的祖传药方品种齐全，包治百病，有需要者，到房间来找我。"说罢，便收拾摊子，带着土生回到了宾馆。

　　那天还真有几个人跟到宾馆，尹有为示意要土生也作为求购者站在一边，他便神秘兮兮地从里屋拿出一些药来，说是有治肩周类的，有治疥疮类的，有治疗月经不调的，尹有为以他三寸不烂之舌把那些人说得高高兴兴地掏钱买了药。

　　尹有为和土生只在这个县城待了两天，便又匆匆赶往下一站。土生估摸这一趟，尹有为的药毛收入不少于四十元，在当年这可是一笔巨款呀！

就这样，土生跟随尹有为晃荡了半年，不仅混了个肚儿圆，也剽学了尹有为的几门手艺，知道了那发热的膏药是用辣椒粉和干姜做的发热剂，治疥疮的洗剂是用硫黄为原料做成的，还有手指取火、空手劈砖等。尽管与师傅相比，还欠火候，但精明的土生对自己另立门户已经有了几分底气。

而尹有为对土生是越来越信任了，在卖艺场上，精明的土生与他配合得天衣无缝，让他的生意上了一个台阶，他已经离不开土生了，为了挽留土生，他甚至提出来与他合作经营，实行利润三七分成。然而土生已无意入伙，他悄悄地离开了尹有为。

四

其实，土生之所以离开尹有为还另有隐情，在这近一年的闯荡江湖的过程中，土生结识了河南葛县的一位卖鼠药的江湖人士，名叫单明。他惊奇地发现，卖鼠药的利润之高、风险之小，是卖狗皮膏药不可比拟的。单明有货源，有包装技巧，但笨嘴拙舌的，在市场上上不了台面，而口齿伶俐的土生正好弥补他的短板。所以与土生一接触单明就如获至宝，将他视为自己生意场上的最佳搭档。在与尹有为跑江湖的间隙期，土生与单明一起做了几笔鼠药生意，单明的销量倍增，土生也感到了自己有用武之地。他果断地告别尹有为后，便义无反顾地与单明结伴同行了。

卖鼠药不需要在人流复杂的地方摆场子，只需在城镇集贸市场的犄角旮旯用两个长凳支起一块木板，将一个装有几只活老鼠的铁笼子置于案板上，再在案板上放若干只死老鼠，便可以开始叫卖了。土生自己先编好顺口溜，在市场上用他那浑厚的大嗓门吆喝，招揽着顾客："老鼠药，老鼠药，老鼠吃了跑不掉！配方好，科技高，吃了三步死翘翘。花钱少，效果妙，三只死鼠换包药……"就在这不停的叫卖声中，那些买菜的家庭妇女们随手掏出一毛钱，买上两包鼠药便回去了。每天结算下来，一般有五元左右的收入，生意好的时候，可达到十元出头，每个月可赚二百元左右。他们是五五分成。在那个年代，一个月收入一百元那可是一笔巨款。

土生和单明做鼠药生意的那个时期正是20世纪80年代初期，社会对从商的认识已经产生了很大的变化，贩卖生意已由地下转入公开，由受人鄙视到逐步赢得人们的关注与尊重。在生意场上混得风生水起的土生也开始包装自己，那时西装领带刚刚在城市流行，二十五岁的他便赶着时髦，扯了一块毛料，让宋老五为他做了一套西服。只要回到宋台村，他便是西装革履，再挂上一条暖色的领带，梳上一个大背头，挺着胸，在村头村尾晃悠一趟。当然，他每次总不忘去宋老五家一趟，除了因为这里是他人生的起点外，更重要的是，宋老五家的一位正在做学徒的外甥女陈娇姑，在土生眼里，如花似玉，只要陈娇姑浅浅一笑，两个小酒窝便把土生的魂都勾去了。有了点钱做资本，他一直想娶娇姑为妻，但到底底气不足。刚好娇姑看土生还算顺眼，尤其是他的一身行头，加上梳理得整整齐齐的大背头，比起村里其他土了吧唧的年轻人显得有派头。再说，土生每次登门不仅给她舅舅送烟送酒，给她带最爱吃的夹心饼干，有几次还为她带来香喷喷的雪花糕。所以她不时期待土生的到来，每次只要是土生到她家来，她总抑制不住内心深处涌动着的一股子兴奋，常用那种特有的眼神、甜美的笑容去迎接土生。

两个年轻人的暧昧之情早被宋老五看在眼里，但他从骨子里看不起土生，总认为土生是个偷奸耍滑的小商贩，不实诚，把外甥女托付给他没有一点安全感，所以对土生的到来表现得不冷不热，对外甥女娇姑只是不断地敲警钟，叮嘱她不要找油嘴滑舌的男人，要找就找一个实实在在的男人安安稳稳地过一生。

极有心计的土生根本不在乎宋老五的感受，当他觉察到陈娇姑已对他有意，便开始悄悄与娇姑约会。这一来二去，色胆包天的土生竟然在春夏之交一个皓月当空的晚上，把娇姑约出来，在一片棉花地里度过了一段浪漫而充满激情的时光。不久，娇姑便有孕在身了。得到娇姑怀孕的消息，土生喜出望外，便商量着尽快结婚。娇姑毫不矜持地点头同意，并告诉他，她的婚事父母已托付她舅舅，只要把舅舅的工作做好了，这婚就可以结了。

事已至此，宋土生便有了十二分的底气。那年的仲夏，他贩鼠药回乡，特意买了两条永光牌香烟、两瓶泸州老窖酒，重重地放到宋老五的裁衣案板上，开门见山地提出要宋老五成全他与娇姑的亲事。宋老五没好气地硬是要他把烟和酒拿走，并告知土生："我当不了娇姑的家，你想娶她，先看她是不是同意，再找他父母去！"吃了闭门羹的土生根本不灰心，过了两天，他又上门，这次更是胸有成竹，因为他已得到娇姑的暗示，舅舅已经松口了。他依然带着退回去的礼物，还带着死皮赖脸的诌笑，这次宋老五倒是没甩脸子给土生看，只是没好气地说："反正现在恋爱自由，你们说咋办就咋办吧。"

那年十一国庆节，土生抱得美人归。

五

为了迎娶娇姑，土生欠了一屁股债，在自家隔壁的一个空台上做了一间两出两进的瓦房，加上马上要当父亲了，土生感觉压力巨大。经过几年的摸爬滚打，他对鼠药的进货渠道、销售门路了如指掌。缠绵的蜜月刚过，他便暂别新娘，自立门户，开始独立地经营老鼠药买卖了。

他不想把鼠药一味地放在地摊上叫卖，觉得这种小打小闹的做法永远是小买卖，心大的土生一直在做当老板的梦。他从独立伊始便开始在销售上下功夫，独具商业慧眼的他把鼠药市场的方向定位在了粮库、大食堂、居民小区等这些对鼠药有大量需求的区域，他决定把功夫用在这些区域上。

他的第一次尝试是在汉州县粮库，为了能很光鲜地走进单位，土生刻意穿了一身西装，打了领带，倒背头梳得油光水滑，提着一个仿真皮革公文包，气宇轩昂地直接往单位门房里闯，门卫见他这不俗的派头，低声下气地问他："您找哪位？"早已做过功课的土生拿腔拿调地说："已约好了你们的周主任，有公事要谈。"保安立马把土生引到周主任的办公室。

粮库周主任看着这位尖嘴猴腮的年轻人，一脸不耐烦地问道："你有什么事找我？"土生嬉皮笑脸地应道："我是来给您送财喜来的。"周主任好生奇怪地问："你有什么财喜送给我？"土生立马答道："以我近期对贵单位的了解，你们粮库鼠患成灾，急需治理。财喜是俗称的猫，抓老鼠的，我手头的猫虽然不是活物，但比猫厉害，可为您彻底解除鼠患。"一听到这人可灭鼠，正中周主任的下怀，近几天他正为猖獗的鼠患焦虑，真可谓雪中送炭，便故作矜持道："你是卖老鼠药的吧，竟然把生意做到我的门下了，告诉你，我们粮库有国家有关部门专门派送的鼠药，我们不到市场上买鼠药的，你到其他地方去推销吧。"土生并没有退缩，他马上应道："我知道你们有药，但毒不死老鼠，你这里依然鼠患成灾，难道你不想试试我的药，我保证在七天之内你的粮库彻底消除鼠患！"周主任道："你们卖鼠药的都是一张嘴，爱吹牛，你说七天之内可灭完这里的鼠，口说无凭，你拿什么来保证？"土生道："你让我在这里灭鼠，七天之内，没有把老鼠灭掉我分文不收，如果老鼠灭光了我再向你收取灭鼠费！"这句话倒是吊起了周主任的胃口，他想，既然他吹得如此玄乎，何不一试，在讲好价格后，他把土生交给仓储股的杨股长了。

因为长期经营鼠药买卖，土生不自觉地对老鼠的生活习性、行动轨迹以及觅食习性等的规律性和特征均有了深入的探究，加上他从河南引进的鼠药属刚上市不久的产品，其学名叫四亚甲基二砜四胺，俗称为"毒鼠强"，买鼠药的人又称它为"三步倒"（即老鼠只要吃了该药跑三步就倒了）。它是当时鼠药中最毒最有效的产品，灭鼠效果十分显著，土生用了一天时间对粮库的粮仓及机关食堂、家属大院等各个场所进行了踏勘，以他多年的灭鼠经验，基本上摸清了本区域老鼠觅食、藏匿的路线及窝点。又用一天时间将他的鼠药放置在了近百个点位上。从第三天开始，他便在粮库大院各个角落收集毒死的老鼠。

在周主任看来，这个其貌不扬的"灭鼠大师"真是太神奇了，七天下来，就在他所辖的这个不到二十亩地的院内竟然毒死两千多只老鼠！按照先前讲好的价，一只老鼠一元钱，粮库要付给土生两千多元灭鼠费。在当时这可不是一笔小开支哦。周主任只肯支付土生一半的费用，另一半要过十天后，如果院内再也没有老鼠出没再支付。

十天后，土生依然穿着那身西装，打着领带，梳着那上了劣质发胶的大背头，大摇大摆地来到粮库。这时，他已是粮库的名人，门卫挺直腰杆点头致意迎接他。平心而论，周主任动员全院上下深挖细找，终究再也没有发现一只老鼠。面对土生，周主任本应无话可说，但他还是只肯付给土生五百元，说是留点尾款待这里再出现鼠患就及时灭鼠。他对土生说："五百元算是灭鼠的质押金，以后每次灭鼠实报实销！"

一千五百元在当时，可能是一个普通工作人员一年的工资！土生在短短不到一个月的时间就将它收入囊中。有了这次成功的经历，在以后的日子里，他将自己的足迹遍布各地粮库、宾馆、大型餐饮店等场所，并如法炮制，大获成功。他不仅拥有了"灭鼠大王"的美誉，而且成为当地第一个披红挂彩的"万元户"。

六

正值20世纪80年代中期，人们普遍对经商有了从排斥到接受的转变，土生声名大振之后，在周边人的眼里，他再也不是那油头滑脑、满嘴跑火车的"飘哥"了，那是经营的成功人士，老板，拥有财富的商人。很多人都凑过来，向他讨教营商的奥秘，更有一些要投于他的门下，想跟着他走南闯北赚大钱。

土生头脑十分清醒，他灵机一动，感觉到现在是拓展市场的最佳时机，他认为鼠药市场的潜力是无限大的，无论是城市还是农村，只要有人居住的地方就存在鼠药市场。在这样无限大的市场上，靠自己一个人是无法满足市场需求的，倒不如把这些想从事这项工作的人们组织起来，把市场做得更大。

多年在市场上的摸爬滚打，练就了土生敢作敢为的行事风格，在当年市场不尽规范的前提下，土生就在自己家里支起了一块牌子，专门批发鼠药。

鼠药批发可算是一个暴利行业，当时土生是从河南葛县批发到鼠药，一公斤原药只需二百元，他批发给零售商把价格抬到五百元，一公斤净赚三百元。

如此暴利，使本来田少人多的三沟镇宋家台村的人分外眼红。当时土生的家可谓门庭若市，前来求购原药的络绎不绝。最初土生每月的批发量不过三五公斤，不到半年的工夫，土生的原药月批发量竟然超过了二十公斤，经常出现断货，需要再采购原药的情况。此时的土生从不要其他人去进货，也不通过其他渠道进货，每次都是他孤身一人神出鬼没地出村子，因担心被人发现断了他的财路，他都是购买湖南长沙的车票再绕道到河南葛县，由开始进货五公斤到现在进货二十五公斤，且不通过运输，总是改换包装后自己用一个蛇皮袋装着背。随着进货量的增加，在月供超过一百公斤以后，土生再也无法自己凭力气把货从河南葛县通过公交车运回宋家台村了，他寻思着，如何将这些宝贝既省事又能成本低一点地运回来。他突然想到了邮政局，那里是可以寄包裹的。他马上到邮政局咨询，在得到邮政局的认可后，他便与葛县生产厂家联系，按邮局当年普通包裹的上限，每次邮寄二十五公斤，每月邮寄四到五批次。

土生用这种方式维持了半年时间，批发的数量仍在增长，从事鼠药生意的人越来越多，先是宋家台村，接着呈燎原之势，周边的五个村人们蠢蠢欲动，纷纷投入到这一行当中来。

发展到20世纪90年代初期，土生的鼠药批发规模达到年近两吨的海量，赚得盆满钵满的土生高兴得常在梦中笑醒，加上他的妻子为他诞下一儿一女，满满的幸福让他几乎要飘起来。

七

由于邮寄包裹的地址无法屏蔽，邮寄的地址让一些有心人知晓了他进货的渠道，开始是几个人去河南进货，另立门户，做起批发生意，接着又有邻村的人也迅速加入批发行业，使批发渠道由先前的紧张出现供过于求的窘境。于是各批发商开始竞相降低批发价来笼络客户，使每公斤的利润由过去的三百元降到三十元左右，而且生意平平，门可罗雀。

正在他万念俱灰的时刻，他不知道，他的命运即将有一次大的转折。鼠药批发与销售在三沟镇闹得沸沸扬扬，被汉州县委办公室几位年轻人在调查全市第三产业发展状况时发现，他们便及时提醒时任党委书记的伍浩，告知他这可是一个极具发展潜力的经济增长点，可大力培植。

刚从市委组织部派下来任党委书记的伍浩听到这一发现后十分惊喜，一个在三沟镇建立全国鼠药大市场的方案立马形成。

要筹建鼠药市场，人们自然想到了土生，大家认为，只有他才能牵头把市场做大做活。由此，伍书记把土生叫到了自己的办公室。

尽管土生也算是见过世面的人，但与政府打交道，尤其是与镇党委书记这样的地方行政主管打交道尚属首次，他不知道是因为什么把他叫到这里来，十分担心是不是犯了什么事才这么郑重其事地找他。没想到他刚踏进政府机关的院子，就被等候在这里的党办主任毕恭毕敬地迎上来，把他请进了党委书记伍浩的办公室。一进门伍浩书记便和颜悦色地迎上来，口中不断地念叨："宋大老板来了，欢迎欢迎！请坐，请坐。"边说边吩咐党办主任："把那盒碧螺春茶拿出来，给宋老板沏上。"这突如其来的礼遇让土生有些丈二和尚摸不着头脑。

　　落座后，伍书记开门见山说明了请土生前来的意图，现在政府从上至下要求各地发展第三产业，大力兴办专业市场，县里通过调查了解，要在全县建设十大亿元专业市场，落实到我们镇就是要办一个鼠药亿元专业市场。土生听罢一头雾水，他不懂得诸如"第三产业""专业市场"这类名词，只知道专鼠药这本生意经，便不解地问书记："您直白一点，把我找来究竟要我做什么？"伍书记见他一点不明白，索性点明："请你来，是要你牵头，把批发和零售老鼠药的人组织起来，建立一个专门从事鼠药生意的专业市场。"土生这才明白了一点，原来是要把现在做鼠药生意的人组织成一个集体，把鼠药生意做大，这正是土生一直在思考的问题。先前他一直想把鼠药批发市场的乱象整治一番，苦于势单力薄，无能为力，现在有政府支持，他感到信心倍增，立马回应道："那好，那可是件大好事，如果不组织起来，像现在这样一

土生土长

179

盘散沙，谁也赚不到钱，最后事情肯定要黄，我土生没文化，没能力，全听您伍书记的，只要是卖鼠药方面的事，您指向哪里我打向哪里！"

八

通过一个多月的走访调查，三沟镇从事鼠药批发零售的人员涉及五个村总共已达到近三百人。1993 年 5 月的一天，镇里召开了努力建设鼠药亿元市场的动员大会，除了镇直各单位的领导、机关干部、支部书记外，还将从事鼠药经营的三百多名业主请到了镇机关大会议室，可容纳五百多人的会议室座无虚席，土生被安排在主席台上就座。动员会先由经营户代表作表态性发言，再请伍浩书记作动员报告。当主持人宣布请三沟镇鼠药协会会长土生作表态性发言时，人们的目光齐刷刷地看向了他。他看着台下黑压压的一片人群，立马渗出一头冷汗。非常紧张的他不知道那发僵的腿是如何挪动到发言席的。在麦克风前，他的全身都在不由自主地抖动，早先镇党办主任为他准备好的稿子拿在手上因手不停地颤动而无法顺畅地读下去，仿佛过了一个世纪他才结结巴巴地将那三百多字的表态性发言念完。他完全不知道自己究竟在台上念了什么便灰溜溜地回到了主席台自己的座位上，引得台下与会者的一片哄笑。

尽管土生在台面上显得那般的狼狈不堪，但具体落实在鼠药市场的建设上他却表现出了出奇的睿智与干练。

镇上当时从事批发的商人共有二十来个，过去都是与他称兄道弟的伙计。他找来生意做得大一点的五个业主，对他们说："今天请大家来就是为了统一批发价格，我们几家合起来批发的数量占全镇的百分之八十，只要我们心齐，就可以把价格统一！"大家看着土生，说："价格是必须统一，关键是人心不齐，如果我们说个价其他人仍然压价那价格就下去了，怎么统一？"土生说："我自有办法，只要在座的你们听我的号令。"大家一致表示"听会长的"。土生说："我们先把价格压到进价以下，向负责零售的伙计们销售，并维持一段时间，待其他蓄意压价的批发商扛不住了，我们就掌握批发的主动权了。"有人提出那岂不是要亏本了。土生说："你们听我的就按我说的做！大家过去赚得多，不像那些小商家亏不起，批发商户太多了，心不齐，不通过这个办法搞不定！"

土生的办法很快见效了，不到一个月，其他批发业主便叫苦不迭，心悦诚服地找到土生，求他放他们一马，并表示绝对听从土生的统一号令。土生依然不松口，一如既往地继续压低批发价，直到那些小业主全部偃旗息鼓之后，才再举大旗，缓缓地将批发价升起来。河南制药的业主也被这个既是老客又是大买主的土生所控制。

土生土长

181

土生硬用一系列手段把批发定价权稳稳地掌握在协会的手上。

也许是因为政府的鼓励与支持，加上大张旗鼓的宣传，使三沟镇从事鼠药销售的人数急剧增加，全镇有近十个村近千名农民加入鼠药经销这个行业中来。加上利润丰厚，影响扩大，全国有近十个省市纷纷到三沟镇求购鼠药，鼠药需求量由过去以公斤论转变成现在以吨论，一个鼠药市场的雏形已经显现。镇党委书记伍浩十分高兴，也十分关注，隔三岔五地到鼠药经营协会办公处调研。伍书记总在不停地为土生加油打气，把土生弄得像打了鸡血似的，恨不能穷尽心力，马上整出一个大市场来。

九

怎样才能打造鼠药大市场，土生忖度，眼下最大的问题是河南的药商见这边的需求日益增加，供求关系失衡后，经常抬高药价，或刁难求购者。土生忽生一计，千方百计搞到配方，自制鼠药。

主意既定，土生便赶赴河南，这次没有像往常那样先落脚许昌，而是风尘仆仆地直抵葛县。他一到达便一反常态地在县招待所登记了三天的房，安安静静地在葛县住了下来。第二天上午，他来到葛县最大的一家鼠药生产作坊——叶家鼠药加工厂，不似以往与叶老板谈谈进货的事宜就离开，而是提出要到厂子里转转。叶老板甚是不愿意，但土生坚持要去看看，叶老板到底怕得罪眼前这位他手中最大的客户，便吩咐管生产的副厂长、叶老板的侄子叶明陪他去看厂子。

　　叶明把土生带到县郊外一个露天的场所。那里支着几个大锅，几个人穿着防护服，戴着防毒面具，把堆积在那里的柴火不断往那露天灶里添加。灶里的火毕毕剥剥地跳跃着，烧得很旺。那锅里翻着乳白色的泡沫，散发着蒸汽。叶明不断在他身边介绍说："这毒鼠强生产合成的设备没有什么，十分简陋，关键是配方，有了配方，熬药工艺再简单不过了。"土生听了心里暗喜，他知道这种事在自己家乡任何人都做得了。心里有底了，他便问叶明："你知道配方吗？"叶明说："那是当然，我是许昌化工学校毕业的，配方是我读书时用心从南方实习的一家工厂弄来的，当然知道。"土生说："叶总你在这里是拿薪水还是利润分成？"叶明说："拿薪水，一个月给我六千元，是工人的十倍还多！"土生说："如果我一个月给你一万元，你愿不愿意到我哪里？"叶明立马明白了土生的意思，便道："您开玩笑吧，我不愿意离开我叔。"土生立马接过话茬："我一个月给你两万，你来不来？"叶明睁圆眼睛看着土生，道："您这是在跟我开玩笑吧？"土生把叶明带到一个无人处，从手提包里取出两万元，交到叶明手上，道："这是预付你的一个月薪水，如果你愿意来，就接着。"见叶明还在推辞，土生把钱放在手提包里，说道："我也不逼你，我住在葛县招待所203号房间，还有两天回，如果你考虑好了，就跟我走，如果定不下来，就当我和你什么也没有说。"说罢，就回到了招待所。

当天晚上，叶明敲开了土生住的宾馆房门。土生喜出望外，以为叶明要跟他走。叶明却没有应允土生的全部要求，只是跟他讲了另一笔交易，把配方交给他，向他要十万元。球又踢过来了，反而让土生好生纠结。叶明走了，给他一天时间考虑。按约定，第二天叶明再度来到宾馆，两个人讨价还价，最终土生花六万元买回了鼠药的专利和一张作坊式生产鼠药的图纸。

按照叶明提供的图纸，土生在伍家台村野外一处边角地支起了第一台土法炼鼠药的设备，一个半人高可放三块蜂窝煤的炭炉，一个用钢筋打造后焊就的半米见方的铁锅，一台用在铁锅上抽蒸汽的增压泵，一个冷却桶。他按配方从河南采购原材料在这里熬制，几经尝试，终于在二十天后熬出了第一桶白色粉状的原药。在整个熬药试制的过程中，土生格外小心，始终佩戴着防毒面具、手套，身边的人都说土生看上去活生生是个医生的模样了。

看着一袋袋分装好的纯白色的毒鼠强，土生激动不已，在他眼里这不是剧毒的物品，而是一摞摞白花花的银子！一估算，这一公斤鼠药利润可以达到一百五十元！而这种设备一天可熬制二十公斤，一天可净赚三千元！他复制并高价出售了这宝贝设备，把配方牢牢把在手上，将配置好的熬药材料出售给拥有熬药设备的业主去熬药，再给他们三到四成的利润。

有了配方和制药的技术，又有成熟的市场，三沟镇的鼠药批发市场在短短不到两年的时间便红红火火地壮大起来。他们在宋家台村协会建立制药基地，支起了二十来台熬药设备，日夜兼程地熬制鼠药。以镇郊村、荣湖村为中心，沿街门面集中了一百多家鼠药批发门市部，吸引了来自全国各地的鼠药批发客商。到1995年，三沟镇鼠药年批发量高达八十吨，年销售额近五千万元，一举成为全市十大专业市场的佼佼者，土生资产已过千万，不仅成为三沟镇首富，而且带动了全镇数百名农户走上了致富之路。

那应该是土生人生最辉煌的时刻，1995年底，在汉州县表彰大会上，土生西装革履，走上主席台，从县委书记手中接过"致富带头人"的牌匾时，面对台下黑压压的与会者，他脸上得意的笑容无比灿烂，他的脚好像踩在一片五彩斑斓的云朵上，身子宛若天仙飘向布满鲜花的富丽堂皇的天宫，他完全陶醉了！

十

尽享鲜花和掌声之后，捧着牌匾，土生得意扬扬地回到宋家台村，他满以为一路会有村民夹道欢迎他的归来，万万没想到的是迎接他的是一个令他崩塌的噩耗！宋老三铜生熬鼠药中毒已送到医院抢救去了，丢下牌匾，土生立即赶往县医院，刚到医院门口，便见嫂子呼天抢地、号啕大哭，土生自知情况不妙，铜生就这样走了。

祸不单行，继铜生因熬鼠药中毒而去之后，陆续传来熬药员工的中毒事故，而且只要是中毒便无药可救，必死无疑。土生见状立刻一边强行停止熬药，一边查找个中原因，发现这些熬药的都是地道农民，根本不听从土生给他们传授的规范熬药事项，既不穿防护服，也不戴防毒面具，连手套都不愿意戴，而"毒鼠强"是一种麻痹生物呼吸神经元的剧毒品，到目前人类尚无任何解毒的手段与药物，只要通过手或口腔接受过多雾气就会中毒。

面对接二连三的噩耗，土生硬生生地顶着，他一不向县里汇报，二采取强制措施要求熬药的操作工严格按要求佩戴防毒设备上岗操作，总算暂时扼制了熬药员工死亡的现象。

但又有不好的消息传来，从事鼠药零售的农户接二连三报来死亡的消息，原来是因为那些零售户在对鼠药进行分包装时操作不规范造成的。这些零售户往往是买到一袋（约一公斤）原药后，将它与性状相似的面粉混在一起，一公斤原药掺杂二十公斤面粉放在一个大脚盆里用手或其他工具搅拌均匀后，再用各种纸张包装成一袋袋拿到市场去卖，往往一公斤原药可以改成三千小袋，一袋一元出售，五百元的原药可赚两千五百元纯利润。

这些零售业主也是农民，尽管搅拌有中毒的风险，他们有时也会忘了戴上防毒面具及手套，贸然操作又疏于洗手，中毒自然在所难免。而且，不仅在三沟镇，由于丰厚的利润，周边乡镇也有人加入了零售鼠药的行列，当年高峰时发展到近千家，这么庞大的范围管理的难度可想而知，尽管土生对几个批发业主反复强调，要求业主批发之前要对零售商反复讲明改包装时的操作事项，但因拌药而被毒死的消息依然不断传到土生的耳朵里。

正可谓祸不单行，不好的消息接踵而至，1996年春，宋家台村的五头耕牛突然离奇死亡，镇里的兽医无法确认死因，请县里的专家前来确认。经过对死去耕牛胃里的残留物的化验，确认是有毒鼠强成分，再经过对本村掩埋熬制毒鼠强残留物的区域的青草的化验，发现这里的青草也含有毒鼠强成分，牛是因为吃了这片青草而中毒死亡的。

尽管不断有人因操作不规范中毒而死，宋家台村的耕牛也基本上因中毒绝迹，在巨大利润的诱惑下，土生和他的伙伴们并没有停止制药大量批发的步伐，镇里的大市场成功建成，书记伍浩因此项重大政绩，于1996年初升任县委常委、政法委书记，县里对鼠药市场鼓励和支持的力度更大了。作为县委领导，伍浩经常到鼠药市场视察，不断鼓励土生要他千方百计扩大市场，形成更大规模。

十一

在县、乡两级政府的鼎力支持下，鼠药市场越来越红火了，到20世纪90年代末，批发市场的销量过百吨，全国二十多个省市的鼠药商纷纷到三沟镇求购鼠药，三沟镇的鼠药市场名副其实地形成了卖全国的大格局，一举成为全国最大的鼠药批发市场。土生更是名利双收，有人说他资产已经过亿，不仅如此，他那些年还获得了省、市、县三级的各种名誉。

纸终于是包不住火的，在众多因熬药而毒死的农民中，有一个死者的儿子在一家市级报刊做记者，悲愤之下，他写出了一篇数千字的调查报告并将文章寄给了新华社。省报立即在内参中刊出此文，省电视台也派出记者赶赴汉州县三沟镇，此举立刻引起了三沟镇上下极大的恐慌，镇里立即关闭了全镇一百多家鼠药批发门市部，并要求土生暂作回避。

省报的记者们断然拒绝了县镇宣传部门的盛情款待，

马不停蹄地奔波于三沟镇鼠药发展比较集中的五个门市部，还亲自到后期倾倒药渣的汉江下游河滩调查，发现附近也有吃草死亡的牲口，记者组提出一定要采访土生，百般无奈之下，镇里只好把雪藏起来的土生叫到镇里接受记者的采访。

先前是面对黑压压的听众土生无地自容，现在面对枪口般的摄像头，土生更是惊恐万状，站在那全身不由自主地颤抖起来，眼睛根本不敢朝镜头看。记者问："你是鼠药协会会长？"他像小鸡啄米似的只不停地点着头，就是不用语言回答。记者又问："你们协会共有多少会员，一年可以销售多少鼠药？"土生就杵在那里，闭口不答。记者又问："你知道这药毒死了几十人吗？"土生这才勉强开口："那是他们不按规定的要求操作造成的，我教他们，他们都不听。"记者又问："你知道这药毒性有多大吗？"土生答道："老鼠吃了三步就倒！"周边围观的人听到他这么回答，好像是在卖老鼠药，都哧哧地笑起来。记者示意要大家严肃点，又问道："你知道这种药对生态造成了多大的危害吗？"土生根本不懂生态之类，想了想他答道："这个东西的确把老鼠的生路断了！"记者听到他的这些回答也感到十分无奈，便追问了一句："你认为这鼠药还能继续生产和销售下去吗？"土生坚定地回答："只要这个世界上还有一只老鼠存在，这种特效药就必须生产和销售！"面对这死猪不怕开水烫的主，记者只好将采访草草收场。

记者离开三沟镇不到一个月，这档节目如期在省电视台访谈栏目上播出了，人们在电视上看到往日风光无限的土生如今竟是那般的胆怯与猥琐，仿佛一个小丑，十分滑稽，可笑。

电视播出后，汉州县委县政府组成专班，赶赴三沟镇，在电视镜头的见证下，查封了全镇所有的鼠药批发门店，吊销了他们的营业执照，收缴并销毁了所有熬制鼠药的设备，免除了土生县政协委员的职务，解散了汉州县鼠药协会，一场轰轰烈烈大办市场、发展经济的运动顷刻间灰飞烟灭，偃旗息鼓，热闹过一阵的三沟镇终归平静。

土生大病一场，躺在三沟集镇繁华地段打造得富丽堂皇的新楼房里足不出户，且茶不思，饭不想。老婆在一旁安慰道："不要太上心，反正我们钱已赚进口袋，这一生也不愁吃喝，不让我们做鼠药，咱们就不做，只要有钱，这日子照样过得滋润。"土生不答话，尽管他不甘心也不认命，但眼下这么个形势，他也的确不敢造次，他想，先在家养养，再作往后的打算。

果真，一个多月后，土生又出山了，鼓动他出山的原因是来自全国各地的客户每天都在给他打电话，向他索取鼠药，尽管他再三推脱，也仍然挡不住那些死缠烂打的客户的请求。那些客户将批发的价格一再上涨，把土生一度平静下来的心又搅动了，他开始由公开转入地下经营鼠药买卖。在重压之下，他想出一个在他看来万全的举措，他不再熬制药，而是直接从河南葛县进药。葛县没有批发市场，只有生产基地，所以那里的鼠药销售的主要客户就在三沟镇。同时，土生也不开门市部，不与上门求购的客户做生意，主要通过邮局的包裹业务，将鼠药寄给全国各地的客商。他也不再大批量进货，通过邮政邮购，由于他不再亲自出面，在后台操作，而且运作得十分小心谨慎，政府、相关机构，就连当地的老百姓也不知道土生已经重出江湖了。

十二

土生的鼠药营生一直延续到2000年，那年9月，南京市汤山镇陈京武烧饼店被竞争对手陈正武投毒致四十二人死亡，导致众多人死亡的毒品正是已被国家严令禁止生产和销售的毒鼠强。凶手陈正武被抓后，办案人员对毒品的来源进行了追溯，发现来自汉州县三沟镇。

那年冬天，公安部与省市县相关人员组成一个庞大的专班进驻三沟镇。在动员会上，一名领导高扬着一个装着洗衣粉模样东西的塑料袋子，对台下的与会者讲："这就是一公斤毒鼠强，你们知道这一袋毒鼠强能毒死多少人？"大家面面相觑，不知道如何回答。那位领导道："二十万！它的毒性是氯氰化钾的一百倍，砒霜的三百倍，因具有稳定的生物活性，在八百度高温下仍无法降解！"

毒鼠强专项整治活动在三沟镇全面展开的同时，土生家里的电话依然不断，那些鼠药的求购者依然锲而不舍地向土生索要着原药。土生也成了一只城墙上的麻雀，吓大了胆，他认一个死理，反正灭鼠是一件好事，也就依然我行我素，悄悄地继续着他的营生。

专班一边在暗中盯着土生等几个老批发商，寻找线索，一边对过去填埋过毒鼠强药渣的地点进行清理整治，将两地的毒土挖地三尺，全部运送到一个偏僻地点进行了重新填埋并打好围墙，树立了"剧毒"标志。

一个月下来，专班掌握了大量线索，依法逮捕了宋土生等四名人犯。抓捕土生的现场是在土生那集镇上新建的富丽堂皇的家中。

戴着手铐，土生神情恍惚地走在踏上刑车的路上。到刑车去的路途很短，土生的脚像踩在棉花上，且觉得这距离老长老长，他仿佛在梦中游走……

苦涩的土豆

一

2002年春节刚过，已然是春天伊始，万象更新。正月初九，陈河镇政府机关已进入紧张而忙碌的状态。镇党委书记文京开了个短会刚回办公室，就迎来一拨客人，汉州市分管农业的副书记周振天一行前来调研农村工作。周振天一落座就开门见山地说："文书记，你曾在市委政研室工作过，思路敏捷些。我们想听听你将如何化解农民增产增收这一难题？"文京稍作思索便答道："时下解决这一难题无非三招：调整农产品种植结构；组织农民外出务工经商；对现有土地实行集约经营，但由于市场信息不对称，加上农民只能是一个生产者，对市场的驾驭能力极差，调整农产品的难度大风险大。而农民外出经商很难体现镇政府的作为，我认为应该把着力点放在土地集约经营上。"

正在大家激烈讨论的时候，文京接到一个电话，陈河镇晓阳村的陈卓说要来镇里拜访他。文京问他什么时候到对方回答："春节回来还没返回广州，就是想见你文大书记一下，再启程回广州。"

陈卓在陈河镇可是响当当的人物，已是花甲之年的他总穿着颜色鲜艳的外套，头发染得黑油油的，再梳个纹丝不乱的大背头，看上去像一个港商。只有小学学历的他早年出去闯天下靠的是贩卖老鼠药，走遍祖国的大江南北，赚到了第一桶金。见国家对老鼠药打压后他立即掉转船头，与江湖上的一广州朋友一道，做起了包工头，在广东沿海专门承包电信布线埋电缆的工程，发了大财，文京到陈河镇任书记的第一年，想修一条通村的水泥路，途经晓阳村，打电话向陈卓求援，陈卓二话没说，爽快地答应下来，他对文京说："您先找其他人筹钱，最后缺口不管多少我买单！"陈卓最后拿出四十万元。去年他春节回来拜访文京，又拿出一百五十万元作为教育基金，一方面扶持镇内的贫困孩子上学，另一方面奖励每年陈河镇高考中考上985高校的学子。

这次陈卓回来莫非又想为家乡作点贡献？文京立马答应陈卓，下午设宴招待陈卓。

宴会厅里见到的陈卓依然风光无限，除了大背头上了摩丝且梳理得油光水滑外，上身还穿着一件橘红色的短装皮夹克，不仅颜色耀眼，而且显得十分年轻、干练。握手寒暄之后，文京马上问陈卓："陈老板，这次非要见我是不是又想支持家乡一把？""惭愧，惭愧！"陈卓接过话题，说："这次我倒是想文书记帮个忙，让我赚一把！"文京不解地问："你个大老板，老江湖，赚钱的事还用得上我帮忙？我们先吃饭不谈公事。"

散席的时候，陈卓表示要单独与文京谈谈事。

两人刚坐下来，陈卓就开门见山地对文京说："文书记，本人在外漂泊了这些年，虽然赚了钱，吃的苦受的罪也不少哇！想来想去我还是想叶落归根，回家乡发展，希望你支持。"文京答道："只要做得到，一定支持！""那我就靠你啦！"陈卓说，"我看好一个项目，用土豆做环保涂料，我准备投资家乡，种土豆，然后将土豆加工成涂料。"文京听罢吃惊地问："技术过关了吗？"陈卓从他提包里拿出一摞文书递给文京："这有国家有关部门认可的专利书，技术肯定是没问题了，关键是需要大量土豆，我想先弄千把亩田试试，如果成功了，再扩大土豆种植规模，说不准我把全镇的土地都种上土豆！"文京喜出望外，这不正是上午班子成员开会时讨论的问题，现在答案居然送上门了，真可谓踏破铁鞋无觅处，得来全不费功夫！文京紧紧握住陈卓的手，诚意满满地对他说："我一定支持你！要一千亩地，这可是一篇大文章，我们共同来做！"

二

陈卓首先提出要求，在他家乡晓阳村先行试种，让父老乡亲沾沾光，也留个口碑。应陈卓的要求，第二天上午，文京让镇上分管农业的王副书记、农办的张主任带农业专班的同志一道，来到陈卓的家乡晓阳村。

站在村头，眼前是一片绿油油的小麦和那即将绽放出金灿灿花朵的油菜。看着这绿色的原野，文京兴致盎然，对陈卓讲起了一段往事。有位首长两年前与当时在任的湖北省委书记一道视察江汉平原，首长突然问书记："你知道中国哪里的土地最肥沃吗？"省委书记稍作思索答道："应该是东北嫩江平原的黑土地。"首长接过话茬，笑着说："是你们湖北省的江汉平原，这里原来是云梦泽，那是一片茫茫无际的湖泊，后来演化成沼泽地，再后来就形成了广阔的平原。所以，这里的土地是湖泊逐渐干涸后，由湖泊中的大量有机物沉淀堆积起来的，非常肥沃，种什么丰收什么，是全国最肥美的土地。"听完这段故事，陈卓蹲下身，抓起一块土，用手捻起来，他把那肥沃的泥土碾成粉末，撒向田间，信心满满地说："这块土地是我的福地，我的土豆一定会在这里长得又肥又大，让我收获满满！"

一千亩地，要村民全部种上过去从来没有种过的土豆，这篇文章不可能一蹴而就，必须找准农户与陈老板的结合点。

"政策我一窍不通，怎么弄你们说了算，只是有一点，你们设计方案时，要最大限度地替农民考虑，都是乡里乡亲，反正我不想在土豆上赚钱。"陈卓开诚布公地对文京说。

为了制定出双方都愿意接受的方案，文京叫村支部书记陈卓的弟弟陈军从五个小组找来十名群众代表，一起商谈种土豆事宜。

会议开始，陈卓刚简单地说了自己的想法，村里有名的老精明，一脸胡子拉碴儿，黝黑的脸上布满了皱纹的四组的群众代表陈庚（和陈卓属于一个房头，高陈卓一辈），慢悠悠地点燃一支红豆牌香烟，猛地抽起来，透过缭绕的轻烟，他的脸显得更加朦胧迷离。还没等人发言，他冷冷地丢了一句："我们都是种土豆的门外汉，弄得不好种砸了，那我们喝西北风去？"然后扬长而去。

经过几个回合的磋商，终于定下一个初步方案，首先陈卓以租用的方式，与农民签下租赁土地的合同，按每亩六百元计算，确保村民土地的基本收益。然后由农户种植土豆，其中，土地的种子、农药、化肥以及种植技术的指导，全部由陈卓负责。为了确保农户的收益高于一般作物，陈卓不计成本，按时价每斤土豆零点三元收购，陈卓引进的这个品种保守产量为五千斤，农民如果达到这个基本产量可净得一千五百元收益，如果努点力，达到八千斤，则可以收入两千元以上，加上土地租金，农民每亩收益都接近三千元，这比传统种植棉花收益达到每亩一千元的标准高出两倍！

初步方案一经制定，多数农户十分满意，准备与陈卓签合同。

迫于绝大多数农户的压力，加上觉得这个账还划算，陈庚主动找到支部书记陈军，表示愿意拿田出来种土豆，但随即他又组织一拨儿农户提出了一个新的想法，作为牵头人他直接找到镇里，要见文京。文京见农户有诉求，把陈卓约在一起见了他们，刚一坐下，陈庚就双手打拱，并说："文书记，您这真是为我们村做了件让老百姓增产增收的大好事，感谢，感谢。"文京摆摆手："不客气，说正题。"陈庚马上接过话题说："那我就直言了，这个方案有问题，要改。"文京问："什么问题？"陈庚说："我们从来没种过土豆，你陈卓说亩产最低可达五千斤就能产五千斤？如果只能产两千到三千斤，我们不就亏了？我们要求收购价格不变，而且要求产量保底，如果今后我们土豆亩产达不到五千斤，陈卓必须按五千斤与我们结算！"没等文京接话，陈卓立马回答："没问题，这个品种我在其他地方看别人种过，再低的水平也能达到五千斤，种得好可达一万斤，这个保底合同我与你们签。"

不足半月，全村一百七十多家农户种植土地的合同全部搞定，文京大喜，他认为这个不仅仅是为农户增收找了一条路子，更可贵的是如果尝试成功，无疑探索出了一条农业集约化经营的好路子。

三

一切工作都在有条不紊地进行中。

首先是政府拿出一间已停产的废旧厂房作为仓库，由陈卓将近四十万斤土豆种陆陆续续地运抵陈河镇，文京亲自看了土豆种，的确与平时所看到的土豆有区别，最为明显的是大，一粒土豆种都有一个拳头那么大，文京想：这么硕大的种子一定会长出一田大土豆，难怪陈卓敢将产量保底五千斤。

紧接着，培训也全面展开，陈卓请的技术培训人员没有更多地把本村农民集中到教室上课，而是在现场指导农民怎样整田，特别强调种土豆要高产，需精耕细作，地要耕得深一点，尽量使泥土疏松、细碎。陈卓还按每亩一百斤的量采购了复合肥作底肥，技术人员指导农民打垄下肥，做到均匀且全覆盖。

这期间，老农陈庚基本不参加培训，他对村民说："老子种了一生的地，种土豆还要向他学，笑话？"但他十分认真地在打理着他的那八亩地，除了精耕细作，他在复合肥作底肥的基础上还用自筹的农家肥作底肥，连培训的人员看到他的田块都对其他农户说："陈庚这块田是样板田，大家都要学。"

那年 3 月 20 日，技术员们开始用空调给存放土豆的仓库加温，没几天那些土豆陆陆续续地发芽了，他们马上组织农户按自己种植田块的亩数领取了种子，再现场指导农户将土豆切成三至四块，撒上石灰土，人工每隔十五厘米放一粒种子，再覆盖两厘米厚的土壤。

种子一经播撒下地后，陈卓马上在田头建了一个板房，一方面让四名技术人员住在其间，实现全天候现场指导，同时将板房作为仓库，将组织的农药与化肥堆放其间，以便随时施用。

不足一个月，土豆芽顶破那疏松的泥土，露出了尖尖的嫩叶，也许因为底肥施得足，一个多月后，土豆苗就封行了。远远望去，晓阳村那一片土地就是一片充满生命活力的绿。

陈河镇对一千亩土地实行了集约经营，这消息不胫而走，惊动了汉州市领导，市里先是派市委办的一拨儿人来调研，写下了《可贵的探索——陈河镇走出了一条农田集约经营的新路子》的调研文章，紧接着，市分管农业的领导在陈河召开现场会，请各镇分管农业的领导到陈河先看壮观的现场，接着请文京介绍经验。文京在台上，口若悬河地讲道："首先，通过这次引进陈老板种土豆的方式，晓阳全村千亩农田实行了统一供种，统一施肥，统一技术指导，统一产品定价定量收购，进而使农民身份得以转变，成为名副其实的农工。其次，由于无须投资也不再面对市场，种地实现了零风险。最后，一旦引进的涂料厂在本镇建成，在这一龙头企业的带动下，这种通过集约经营让农民致富的全新模式将呈现极强的生命力！"文京热情洋溢的讲话赢得场下阵阵掌声。紧接着又是市电视台、报社来记者采访，且点名要采访陈卓。

陈卓非常乐意接受采访，尽管他在场面上很风光，但上镜尚属首次，一旦面对摄像镜头，就乱了方寸，笑着对文京说："我只会说白话，官话我一窍不通，你先开导开导我，在一边给我递递词。"几经折腾，好不容易把采访弄完，陈卓已是大汗淋漓，但还是喜滋滋的，反复问节目什么时候播出，一定通知他收看。

记者提出要采访村民，挑了好几位都上不了台面，坚决不出镜，倒是陈庚爽快，毫不推辞地接受了采访。陈庚上身穿着一件极为普通的白色圆领衫，花白的头发齐刷刷地站立在头顶，那张布满皱纹的黧黑的脸还带着些许笑容。在镜头前，他毫不怯场，十分流畅地说："我的侄子陈卓是我们的财神。"记者马上叫停，说："你只能说陈老板，不能说侄儿。"陈庚马上改口："镇领导是我们农民的领路人，陈老板是我们的财神，我活到现在才看到了农民赚大钱的希望……"

记者对陈庚的采访十分满意，一次通过。

那年夏天，天气出奇地热，气候非常适宜土豆的生长，陈卓经常把文京拉到地头，看着那块绿色的如地毯般的土地，充满自信地说："今年肯定是个丰收年，如果一切顺利我立马把广东的朋友拉过来办厂！"

天气奇热，在政府和新闻单位的炒作下，陈河镇的做法也被鼓噪得热火朝天。

四

到8月初，土豆开花了，花主要是白色的，花蕾是黄色的，那年，晓阳村土豆花开得非常繁盛，黄白相间的土豆花给绿色的大地又添了一道亮丽的风景。技术员告诉陈卓，这花相是典型的品种好的征兆，今年一定是高产年。

到8月底9月初，土豆花渐渐凋零了，土豆的茎叶开始变黄，这意味着土豆已经开始结实了。其间，陈卓多次来到陈庚的田间，陪同的技术员对陈卓说："你这个叔子不愧是种田的好手，估摸他的土豆产量应该在全村里是名列前茅的。"

人算不如天算，那年出奇地热，也出奇地干旱，正是持续的干旱导致那个季节的蔬菜大幅减产，从而使蔬菜价格直线向上攀升。近几年，新鲜土豆上市价格一般在每斤零点三元左右，没有超过零点三五元，那年新鲜土豆一经上市，价格便飙升至零点八元一斤！这些上市的新鲜土豆往往只有乒乓球大小，是传统品种，比晓阳村的土豆成熟早一点，而晓阳村的土豆离收获还要二十天左右，此时土豆的大小仅比算盘子大一点点。

经常在菜市场转悠的陈庚十分敏锐地捕捉到了这一信息，他率先动心了，9月初的一个夜晚，他悄悄地掏了两蛇皮袋自己田里的小土豆，连夜弄到市集贸市场卖了，才一百多斤土豆就换回了一张一百元红票子。他喜出望外，天亮回家，扔掉那刚抽完烟的空红豆烟盒，在村小卖部破天荒地买了一包比红豆价格高出三倍的白沙香烟，并迅速掏出一根叼在了嘴上点燃，深深地吸了一口，憋着气，硬舍不得将醇香的烟雾吐出来。

从这天开始，一到夜幕降临，他便开始偷偷地掏土豆了，凌晨四点左右再拖到市集贸市场卖给菜贩子。他的举动被邻里乡亲发现，不到三五日，整个村都动了起来，甚至还有土豆贩子也开车来到晓阳村采购土豆了。

支部书记陈军开始组织村干部制止，但没有一位村民听他的，照样我行我素，而且大言不惭地说："我掏自己家的土豆去卖你管得着吗！"陈军见势不妙，马上到镇里找到文京，文京听罢，勃然大怒，立即召开全体机关干部大会，要求全体机关干部一方面到田间把守，不准任何人在田里掏取一粒土豆；另一方面在镇里的各个路口把守，绝不准放一粒土豆出镇。

镇里机关干部加上临时抽调人员不足四十人，只分了二十人到田间守候。晚上黑灯瞎火，一千亩地范围十分宽泛，那农民要掏自己家的土豆怎么守得住？更何况干部们白天工作了一天，晚上最晚守到十点钟就骑车回去休息了，路口守卡的干部也是如此，都抱定睁一只眼，闭一只眼的态度去职守，因此土豆的掏挖与售卖依然在暗地里大行其道。

此时的陈卓也顾不上梳大背头、上摩丝了，只见他一头无序的长发耷拉在前额及耳鬓，整日疯也似的在镇里上蹿下跳，捶胸顿足，苦苦哀求文京给他做主。

迫于无奈，文京把派出所所长找来，要求所长抓人关人。顶不住文京的压力，派出所所长首先抓了陈庚。

陈姓在晓阳村是大姓，陈庚曾在村里任过村长，在陈家房头有很强的号召力，陈庚一被抓，他的儿子马上组织了陈姓的五十多号人闹到镇里要求放人，理由很简单，这田是国家分给他们的责任田，这田里的土豆是他们自己辛辛苦苦种的，他们卖自己的农产品犯了哪条王法，不立即放人他们要到市里去上访！

文京与他们说理："你们与陈老板签了合同，必须按合同办！违反合同就是违法！"上访者说："什么合同不合同，不就是一张纸吗？我们只认田是我们的，土豆是我们种的，我们就有权利卖！我们不认那张纸！"

文京坚决不放人，上访的那班人果真上访到市里，市领导把文京请到市里，明确指出："首先放人，把上访平息，再做工作！"

迫于无奈，文京只得把陈庚给放了，但依然派人员坚守在村头的路口。

好不容易熬到了9月底10月初，晓阳村的土豆已完全成熟可以收获了，文京来到田头，看到已被折腾得凌乱不堪的土豆地，默默无语。

尽管前期农户掏去了大量尚没成熟的土豆，但因为土豆太小，所以售卖的数量并不大，农户的收益也十分有限，但据技术员估算，这一举动至少使土豆减产百分之六十。

陈卓还是每天派几辆货车停在田头，用几个磅秤收购着土豆。那土豆粒大如拳，新鲜出土的土豆，嫩黄嫩黄的，十分养眼，陈卓拿起一粒土豆捧在手上，泪不知不觉地从他那眼角流了出来。

陈卓信守承诺，按零点三元一斤收购土豆，用了五天时间，土豆全部收购完毕，亩产算下来仅两千七百多斤。

最后五车土豆装车完毕，陈庚率近百号村民堵住了这批货车的去路。陈庚对司机说："你打电话要陈卓来，我们有话要跟他说。"陈卓拉文京一起赶到现场，陈庚振振有词地对陈卓说："合同上不是说过要按五千斤保底结算吗？还差两千三百多斤的尾款你兑不兑现，不兑现这几车货休想出村！"陈卓面对自己的前辈，一脸无奈，文京只好顶上去说："既然说到合同，你们违约在先，如果你们不偷挖土豆去卖，陈老板一定会兑现合同的！"陈庚说："文书记，你可要为我们做主呀！我们在自己责任田生产的农产品自己卖怎么叫偷？我还与您算笔账，现在市面上的土豆八毛一斤，就这两千七百斤土豆我们卖给他，一亩我们又少收入了一千三百五十元，他补我们两千三百斤只要六百九十元，是我们亏了还是他亏了？""为什么你们只算市场差价而不算成本投入呢？"文京反问道。这一问在场的农民总算鸦雀无声了。

土豆风波就这样平息了，但文京冥思苦想要走出一条农业集约经营新路子的愿望如泡沫一样随着这场闹剧的结束而破灭。陈卓想回馈家乡大规模种植土豆，并在家乡办厂也成为一个无法实现的梦想。面对如此残酷的现实，一向豪情万丈的文京沉默了。

带着深深的愧疚，文京多次与陈卓联系，起初对方始终是空号，后来在得知对方换号的号码后再联系，对方只是应付性接一下电话，完全失却了往日的热忱与真情。此后文京在陈河镇继续工作了三年，他再也没有见到那位梳着油光水滑的大背头、穿着鲜艳颜色外套的陈卓回一次老家了。

一步之遥

一

在鄂中汉州县张河镇最南端有一个民垸叫丰实垸，丰实垸早年是泛区，每年汛期到来，这里便是白茫茫的一片大水。然而只要春天悄然而至，这里便充满生机，野蒿、芦苇等名目繁多的杂草疯狂生长，大量的白鹭、野鸡、大雁、野鸭等栖息在此，还有猪獾、麋鹿、野狗出没其间，使这里成为一片生机盎然的大湿地。

20世纪50年代初的大饥荒让一批农民看中了这片肥沃的土地，他们开始陆陆续续地向这里迁徙，不到两年，已有近万人落户在此，他们在这里筑堤挡水，开荒种地，休养生息。

1957年9月的一天，丰实垸一盛姓人家要添丁加口了，凌晨五点，还没有等到接生婆光临，那孩儿便迫不及待地呱呱落地，且仿佛蒙受了莫大的委屈，哭声震天，几乎要把整个村庄唤醒！情急之下，已生过四胎女儿的母亲叫人拿来一把剪刀，在开水里浸泡了一下，咬咬牙，剪断了脐带，将这个期待已久的宝贝疙瘩揽在了怀里。

王婆在丰实垸是大名鼎鼎的"八仙姑"，小孩满月的那天，盛家请王婆给孩子看看相。王婆抱起小孩左看右看，然后将他轻轻地放回摇篮里，后退一步，双手一拍，口中念念有词："恭喜恭喜，你家这个儿子将来一定大富大贵！"一席话让盛家人喜上眉梢，孩子的父亲马上奉上一个装有两元钱的红包，顺口说道："借您吉言给我儿取个名吧。"王婆合掌闭眼，脱口而出："既是人中之杰，就是龙，孩子的大名就叫盛龙吧。"

盛龙从小长得比同龄人高出一头，身材壮硕，浓眉大眼，说话嗓音洪亮，童年就是孩子王。作为孩子王的他十分惹老师喜欢，他总是主动打扫教室卫生，常有拾金不昧的行为。因为嗓音浑厚且嘹亮，在班上整队喊操可让队伍振作昂扬，所以，从小学到初中，直到高中，班上的班长他是不二的人选。

少年的他暗暗立下宏愿，那就是要为官一世，施展自己的人生抱负。

1974年高中毕业返乡后，他遇到一个极佳机会，本村支部书记年纪大了，到了退休年龄，在物色接班人时自然而然地想到了根正苗红又拥有高中学历的盛龙，十七岁的他回乡就坐上了村支部书记的位置。

盛龙的悟性很高，工作起来十分投入，连年被市里评为优秀支部书记。

机会总是为有准备的人留着，1984年底是乡镇换届之年，张河镇选副镇长要实行差额选举，张河镇按要求上报了候选人，盛龙也在其内。

换届选举大会在镇大会议室举行，能容纳一百二十人的会议室座无虚席，除了近八十名人大代表外，机关工作人员及镇各单位的主要负责人都出席了会议。

因为主题单一，会议很快进入了投票选举的议程，代表们面带庄严，手持已填好的红色选票鱼贯地走向票箱，陆陆续续地投下了自己庄严的一票。投票结束，计票开始，主持人要求大家原地休息片刻，按规定要当场宣布投票结果。

过了一会儿，主持人镇人大主席在麦克风里喊了一声："请大家入座继续开会。"几乎不到一分钟，全体与会人员迅速落座，会场一片寂静。这种氛围表明大家对结果高度关注。只见总监票人拿着报告单缓缓地走上主席台，向台上台下的人行了礼后，宣布盛龙同志获选票四十七票，根据基层组织选举法的规定，盛龙同志当选为张河镇副镇长。结果一经公布，与会人员鼓起掌来，掌声热烈，而且持续了很长时间。

此时此刻的盛龙激动得双眼都湿润了，他的内心深处充满了感激，脸上写满了神圣与庄严。他暗暗嘱咐着自己："我是人大代表选举出来的副镇长，一定要懂得感恩，绝不能辜负人民的期望，要竭尽所能为人民做事，做好事！"

二

人生目标明确的盛龙在二十六岁走上乡镇领导岗位后，头脑十分清醒，他向组织要求到楚源师范专科学校脱产学习两年，拿到大专文凭再回镇里。

在前往党政干部培训班的时候，他的高中同学熊军全程送他。中等身材的熊军偏瘦，长脸，皮肤白净，戴一副三百度的近视眼镜，看上去是书生模样。他家是张河镇上的，吃商品粮，高中毕业后，作为知青下放到农村，1977年底参加高考，考入汉州县师范学校，毕业后分配回张河镇中学教书，不到一年便调到镇党办工作。尽管两人性格差异明显，盛龙洒脱豪爽，拥有极强的控制欲，熊军文静内敛而不乏精明，两人在高中时就很要好。这一两年，两人身份不断转换，先熊军是盛龙的领导，现反过来盛龙又成为熊军的领导，身份与角色的改变并没有动摇他们的同学之谊，这次熊军是执意要送盛龙去上学，凸显他们之间的友谊。

盛龙刚在楚源师专安顿下来的第二天，就接到同乡同学聚会的邀请，盛龙十分期待与这些老乡同学的见面。

为了表示对老乡同学的尊重，盛龙早早来到楚苑城关醉仙楼 666 包间等待，令他十分意外的是，他等到的第一个老乡竟是他初中同学郝兵。两人相见后惊讶不已。他们俩有十多年没见面了，郝兵与盛龙在初中做过两年同学，后来郝兵因父亲工作调动，便随父亲到汉州县另外一个镇念高中去了，从此，他们就再没有联系。郝兵与初中时相比，样子变化不大，个子不高，偏瘦，腰子脸，一双不太大的眼睛炯炯有神。尽管其貌不扬，却很讲究，头发显然是上了发胶的，衣着整洁挺括，皮鞋擦得铮亮，看上去十分干练。一问才知道郝兵高中毕业后就参军了，在部队待了五年，作为连职干部转业回到汉州县，被安排在县外贸局。七年下来，由于工作十分努力，去年被任命为县外贸局党委成员、办公室主任。这次出来学习也是拿文凭的。在盛龙的印象中郝兵是个精明的人，同时十分爱搞笑。记得初二那年，他赌同学吃二十个面窝，那还是饥荒的时期，从农村来念初中的孩子，能吃上一顿饱饭就十分难得，更何况是用油煎的面窝。郝兵父母都在镇上工作，条件好一点，能拿出买二十个面窝的钱，那个同学开始狼吞虎咽，吃到十二个以后就有些勉强了，二十个吃完那个同学内脏仿佛都被填满了，连眼睛都恨不得从眼眶里挤压出来，说是要去上厕所。郝兵说讲好的两个小时内不能上厕所，死活不让同学去，结果那可怜的同学实在憋不住，弄得一塌糊涂。围观的同学都开怀地笑，而那个同学伤心地哭了起来……

"真没想到在这里遇到老班长！"郝兵握着盛龙的手感慨万千地说。盛龙笑着应道："我也没有想到在这里遇到当年的搞笑王，还是那么幽默？"郝兵说："江山易改，禀性难移，还是那副德行。"

谈笑中，老乡同学陆陆续续地到了，最后到的是时任汉州县委副书记的张志刚。张副书记中等身材，浓眉大眼，眉宇间透露出庄重与睿智，砧板脸很方正，穿着朴素却很得体。见张书记到了，其他五位同学马上从椅子上站起来迎接，张书记马上示意大家入座。大家坐好后张书记从随身携带的提包里拿出两瓶酒放在桌上，说道："这是我从家里拿来的存货，大家放心享用。今天主要是借这个机会认识大家，交个朋友，将来互相有个照应。今天就算大家认识了，大家先做个自我介绍，以后立个规矩，凡是汉州县来了看望大家的朋友，就借机把大家召集在一起聚餐加深印象，加深感情。"

聚会中，盛龙自告奋勇："三人同行小的苦，从今往后，各位领导每天打开水由我来负责，房间卫生也由我负责打扫。还有需要跑腿的小事，尽管吩咐。"郝兵马上接过话茬道："服务工作也算我一个，我和盛镇长一起来做。"

在后期的学习生活中，盛龙十分认真地履行了他的承诺，倒是郝兵只是说说而已，他爱睡懒觉，往往是盛龙把所有的事都处理完后，他还在床上迷糊着。有时跑腿的事，他即便是承揽下来，也多半分给盛龙去做。在那些日子里，盛龙不厌其烦地每天都跑好几趟开水间，把每人的一瓶开水送到宿舍。看到这么灵活、阳光的小伙，大家都很喜欢，大事小事都乐意托付给他。他是有求必应，而且把事情办得有头有尾，干净利落。

三

盛龙参加的这个大专班学制是两年，学业完成后可以取得专科文凭。第二年夏天，盛龙回到张河镇度暑假，刚落脚，熊军便来到他的宿舍。过去可能是因为在镇里从事行政工作，熊军的脸上往往写着得意也带几分傲气。但今天一进门，盛龙发现他的长脸拉得更长了，看上去还有几分焦虑和沮丧。没有等盛龙开口，熊军说："你回来得正好，有件事请你帮帮忙。""什么事？只管讲。"盛龙应道。熊军说："你知道我和袁艳在谈朋友吧？""知道啊！"袁艳和他们是校友，低他们两届，是学校文艺班的活跃分子，是张河中学出名的美女，也是学校男生们心目中的女神。在盛龙的印象中，袁艳恰似一个高傲的公主，当时学校众多的追求者谁都没能打开她那冰冷如铁、固若金汤的心扉。后来她考入汉州县师范学校，毕业后分配回到张河镇小学教书。熊军与她谈恋爱的事盛龙早有所闻。盛龙认为，看上去斯文还带着几分懦弱的熊军怎能配得上心气极高的袁艳呢。"怎么啦？"盛龙问道。"在闹矛盾，"熊军说，"思来想去，只有你才是劝和的最佳人选。我来是请你出面做袁艳的工作，劝劝她。"其实，盛龙与袁艳几乎没有正面接触过，熊军交代的这个任务是否能完成，盛龙心中一点底都没有。但既然老同学求上门了，不妨试一试，盛龙答应下来了。

盛龙准备第二天下午等学生放学后亲自去袁艳的住所里找她聊聊。出发前，可能因为是要见女同学，他下意识地将自己打扮了一番。因为事先约好了，他直接找到了袁艳的寝室。

袁艳住在一个砖瓦结构的平房内，是个面积十平方米左右的筒子间，外观十分简陋，室内空间也十分有限。盛龙扫了房间一眼，房间内的物件摆放得有些杂乱，房间主人应该不是十分讲究的人。但待他近距离看到袁艳，他的目光仿佛被吸铁石牢牢地吸住，无法从那张漂亮的脸蛋上移开。袁艳的美不是那种清秀的中国传统美女的样子，她脸上五官的轮廓十分分明，高挑的鼻梁，略微凹陷但大而明亮的双眼，眉毛特别浓密，眼圈颜色略为暗沉。嘴巴不算很大，略微丰腴的嘴唇性感诱人。一张精致的瓜子脸将她那妖艳的美展示得淋漓尽致。这不就是个来自域外的美女？！盛龙在心里默默感叹道。

袁艳看着几乎失态的盛龙莞尔一笑，问道："镇长大人找我有何指示？"这一问终于让盛龙回过神来，他马上若无其事地回答："没什么，休假无所事事，来拜访一下校友。"袁艳用温柔的眼神扫了他一眼，说道："是来为熊军做说客的吧？"盛龙不好意思地笑道："既然你已经知道了，我就开门见山了。你们相好已有快两年了吧，熊军可是我们同学当中的佼佼者，又在镇上工作，将来发展前途不可限量，他很珍惜你，也很爱你，我认为你们很般配，所以非常乐意出面做这个说客。"袁艳说："今天我不想聊这个话题，既然学长来了我们聊聊别的。"袁艳这么一说，盛龙也十分乐意。那天两人聊得非常投机，除了聊在学校时一些七七八八的往事外，袁艳还十分详细地询问了盛龙的学习生活情况。临走时，盛龙还是牢记使命，问袁艳："我回去怎么对熊军说？"袁艳狡黠一笑说："既然盛大镇长出面，你怎么说，我怎么做，听你的！""那就和好吧！"盛龙说。这第一次见面，两个人竟聊了近两个小时才分开。

本来是为当说客而来，回去后，盛龙心里满满的又似空空的，袁艳在他心目中已有一种说不清道不明的位置，他竟十分期待再次与袁艳见面。盛龙回到镇里，熊军守在门口，急切地问他："袁艳态度怎么样？"盛龙心中根本揣摩不出袁艳对熊军的态度，但觉得任务还算基本完成了，所以回答道："态度良好，你尽可去找她。"

暑假一晃就过去了，到要去上学的前几天，盛龙心里非常想见袁艳一面，他不好正面约，便对熊军说："我不能白做和事佬，你要不要和袁艳一道请我吃餐饭，为我送送行呢？"熊军马上应允下来，当天下午在镇上孙老幺的餐馆里订了一个小包间，袁艳也如约而至。三个人在包间，熊军显得十分殷勤，又是点菜又是倒酒。袁艳喝了点酒，瓜子脸仿佛涂上了一抹淡淡的胭脂，显得更加娇艳迷人。席间，盛龙不时偷偷地用那热情的眼神，瞟了袁艳几眼，迷离中，盛龙感觉袁艳每次都没有躲闪，用那妩媚且带几分暧昧的眼神迎接着他。那天，盛龙和袁艳都有点醉眼蒙眬，也带几分醉翁之意不在酒的意味。

盛龙两年的脱产学习，转眼快结束了。有一天下午刚上完课，他走在回寝室的路上，一抬眼，袁艳竟活脱脱地站在他面前，笑盈盈地看着他。盛龙一惊，先是愣怔着看着袁艳，然后如梦初醒，道："你怎么来啦？""来看你呀，不欢迎？"袁艳答道。盛龙有些受宠若惊，马上点头道："欢迎！欢迎！"

盛龙把袁艳带到离学校不远的一家餐馆，订了一个小包间，点了三个菜一个汤，一瓶红酒。两个人酌了酒，端起杯子，盛龙问："这次来楚源干吗？"袁艳答道："不是说来看你吗？不欢迎？"盛龙道："不一定吧，说实话。"袁艳答道："真要说实话，我是找你这个和事佬评理的，熊军欺负我。"盛龙说："他敢欺负你，我回去说他。这么好的女同志都不懂得珍惜。"袁艳接过话茬说："值得珍惜吧？"然后眼睛直勾勾地看着盛龙道："他不珍惜你来珍惜嘛！"听这话盛龙愣住了，稳了一下情绪，笑着说："先喝酒。"袁艳把杯中酒一饮而尽，带着泪说道："我知道堂堂盛镇长看不上我，算我自作多情，不打扰了，我还是先走一步。"听袁艳如此一说，盛龙马上拉住袁艳的手，袁艳顺势倒在盛龙的怀里，顷刻间两个人紧紧地抱在了一起。盛龙鼓足了勇气去吻袁艳，袁艳毫不回绝，抬起头迎上来，两个嘴唇紧紧地贴在了一起。接下来，两人相依相偎，美美地喝完一瓶酒。

四

盛龙从学校毕业后没有休息，正值汛期，镇里安排他立即奔赴基层，现场指挥防汛工作。张河镇是汉州县地势最低洼的一个乡镇，是尽人皆知的水袋子。盛龙带着一班人在田间地头、沟汊湖边察看，水田基本上是白茫茫的一片，旱地也几乎一半淹了水，而主要河流通畅河水位比院内要高出两米，水面与堤面等高，多处是用蛇皮袋装土堆砌的子堤挡水。因为泄洪道的水位比河水高出很多，垸内渍水被顶托，泵站无法将水都提排出去，大量的渍水被并不十分牢固的堤坝挡着，由于浸泡的时间有点长，沿通畅河的长堤渗漏，险象环生。眼下盛龙的责任是严防死守，不允许通畅河堤有一丝半点的闪失。

张河镇境内，通畅河堤长达十五公里，全镇近两万名民工守在大堤上。8月中旬的一个晚上，狂风大作，镇油杂村段面因洪水浸泡、大浪冲击，导致堤段出现一个近七米宽的溃口。闻讯后，盛龙火速赶到现场，根据以往的经验，他马上指挥将预备好的十艘装满泥土的木船迅速调度过来，把船用钢绳紧紧地绞在一起，顺水势倒扣在那尚不很深的溃口上，然后带头跳进水里、走成人墙。民工沿船边向水中投放装满泥土的蛇皮袋，并迅速砌成子堤，不到三个小时的奋战，溃口妥妥地堵住了。此时，县委书记、盛龙的同学张副书记刚好从县城赶赴现场，看到浑身湿透、满身是泥的盛龙，激动不已，上前握住盛龙的手，不住地赞道："好样的，好样的！"

那年汛情到8月下旬才结束，盛龙堵溃口排险的事迹传遍了全县，并被省政府授予一等功臣，在洪广大礼堂省委书记亲自为他戴上奖章。盛龙被破格提拔为张河镇党委书记。

踌躇满志的盛龙刚到任的那天晚上，袁艳来到了他的宿舍，没有说一句祝贺的话就直接告诉他："我怀孕了！"盛龙听到后先是一惊，稍缓一下后十分冷静地说："既然已怀上了，我们结婚吧！"这是袁艳期待的最佳答案，她上前紧紧地抱住了盛龙，热泪盈眶地说："盛龙，我好爱你！"

听说盛龙要与袁艳结婚，有几位与他关系要好的同学劝他冷静一点，再认真考虑一下，并告诉他，有人在背后议论纷纷，说这两年袁艳与熊军早就像一对夫妻生活在一起了。大家还说袁艳是个很有心机的女人，她不一定是看中你盛龙本人，多半是冲着你的权力才投入你的怀抱的。

熊军听到他们要结婚的消息后也曾感到十分的憋屈与愤怒，甚至想过去质问盛龙，但面对袁艳已移情别恋的事实，这质问从何开口？回想这两年他与袁艳的感情经历，始终是在跌跌撞撞中走过来的，尤其是盛龙出现后，袁艳对他一直都在勉强地应付。他与袁艳之间的感情裂痕与日俱增，熊军早有预感，袁艳投入盛龙的怀抱是迟早的事。

这两年，熊军也读懂了袁艳，在熊军看来，这个女人除了有一副美丽的面孔，心机十分深，并不是个可以相伴一生的合适人选。所以，熊军在认真思考后，反而感到袁艳的离去，对他而言是一种解脱。

但在今后的工作中怎么面对自己的顶头上司是曾经的情敌这一现实？权衡再三之后，熊军毅然作出了一个异乎寻常的决定，他辞掉了镇里的工作，只身去了深圳。临行前，他给盛龙写了一封信，信不长，内容如下：

盛龙，祝你新婚快乐！我已决意去深圳发展。作为你的老同学、老朋友，临行前，我还是忍不住要给你一个忠告：你与袁艳的结合将是一个错误，她不适合做你的妻子。话我只想说到这里，况且你们刚结婚，我这话就显得非常多余，但我不吐不快，请原谅！祝老同学一帆风顺！

熊军

年轻人在寻找自己人生的另一半时，最注重的是自己的眼缘，尽管有这么多人反对，盛龙也没有动摇，从第一次看到袁艳那一刻，盛龙就无法掩饰对她爱的冲动，后来几次的肌肤之亲又让他体验到了一种销魂蚀骨的快感，他已被爱情冲昏头脑，谁也无法动摇他迎娶袁艳的决心，他果断地把他们的婚期定在国庆节。

婚礼场面热闹而有排场，婚礼上的袁艳因尚未出怀，依然貌若天仙般光彩照人。盛龙娶了心中的美人自然也惬意万分，只是觉得有些对不起熊军。

五

当年，盛龙成为汉州县最年轻的镇党委书记。上任时，县委书记语重心长地与他促膝长谈，对他的未来寄予厚望。

年轻气盛的他一履职便大刀阔斧，对镇上的几项工作动了大手笔。

他在骑自行车走村串户进行调研的过程中，发现全镇几乎三分之二的村村集体债台高筑，为完成农业税收和"三提五统"，村集体向民间借高利贷的现象比较普遍。由于村集体成为空壳，除了完成国家上缴任务，还要偿还从民间借来的高利贷，导致合同承包款层层加码，老百姓怨声载道。多数村干部为完成上缴任务，把自己仅有的收入和亲朋好友的款项也借来交合同款，村里又无力偿还，他们又只好在镇领导面前叫苦不迭。

为了解开这个陷入恶性循环的死结，盛龙果断决定取消村级财务的独立性，在全镇实行村账镇管。他在镇委扩大会上（村民中小组长以上的人员参会），语重心长地说："作为党委书记，因工作需要，我随时都可能离开张河镇，但在座的各位百分之九十以上将生活工作在这里，如果我不负责任，任由这种不良风气滋长漫延，长远看，真正受伤害的是你们！如果我们实行了村账镇管，明文规定高利贷不得入账，就可以杜绝用高利贷交合同款现象的发生。我们各级干部一定要深入农户，做细致的思想工作，引导农户按期交纳农田承包合同款。"

盛龙的这一招十分灵验。那一年下来，张河镇有八个村摆脱了债务的困扰，剩下只有四个村在债务中挣扎。

一步之遥

由此盛龙相信，只要坚持实行村账镇管，不到两年，张河镇就可消灭空壳负债村。

在强化农村财务管理的同时，盛龙又着手开展旨在增加农民收入的农村产业结构调整工作，作为水袋子的张河镇只能在水上做文章。盛龙提出，在确保粮食种植基本面积的前提下，拿出一部分水田种植经济作物，以增加农民收入。他带领全镇上下开发了适合张河镇发展的鱼莲共生模式，即每户集中十亩水田，中间种湘莲，四周挖沟养鱼。平时老百姓可采藕带、莲蓬上市交易；9月底可以收获莲子出售；年底，将水抽尽，又可以卖一季鱼。老百姓季季都有收入，且效益远远高于水稻。

盛龙将张河镇近一半的水田改造成鱼莲共生模式，使全镇鱼莲共生模式的水田达万亩。进入夏季，荷叶田田，莲花灼灼，一望无际，令人心旷神怡！

两个大手笔使全县上下无不对张河镇刮目相看。盛龙上任的第二年春天，不仅县里，而且省里、部分兄弟县市乡镇前来参观学习的人络绎不绝，加上老百姓口口相传，盛龙一炮打响，名声大振！

尽管事业风生水起，但自任党委书记后，盛龙的许多烦心事也随之而来。

最大的烦恼莫过于他突然觉得他的亲戚朋友多了起来，来请托的，求办事的十分频繁，当兵有人请托，招生中专指标有人请托，想修条小路工程有人请托，普及九年义务教育建校定校址有人请托……请托事由无所不有，几乎涵盖每一个领域。而每一个不大不小的请托都有随之而来的礼品，既是在诱惑他，又是在考验他的意志力。他总是一一劝退，物归原主。那些送礼者态度十分坚决，这里送不出去，往袁艳那里送。

一次，一位送礼者以袁艳上班骑自行车太累为由，送了一辆价值近万元的电动摩托车给袁艳，盛龙回去后，袁艳欣喜地告诉他说："托老公的福，以后我上班就轻松多了。"盛龙听罢，严肃地责令袁艳退回去。过几天回来，那车仍然停在一楼储藏间，盛龙十分恼火，问袁艳，袁艳委屈地说已经退回去两次了，别人又送过来的。盛龙说："你明天再给他送回去！"为了不让送车人再把车送来，盛龙上班后主动找到对方，告诉他："如果你再将车送到家里，我就直接交到市纪委！"

尽管通过清退礼物让自己落了个心态平静、问心无愧，却换来了袁艳的极不理解和社会上的许多说法，有亲戚说他"苕"，有同学说他"假"，有朋友说他"夹生"，有老板说他"不识时务，不近人情"。

另一件让他烦恼的事是自结婚以后，他的妻子袁艳全然没有了往日的那种妩媚与温柔，5月初生下儿子后，坚决不肯教书，后来调入县档案馆做职员去了。从此，有了更多闲暇的她为了防止盛龙在外面拈花惹草，隔三岔五地去往张河"查岗"，成为镇机关人人知晓的"醋坛子"。

1987年7月的一天，早上还是晴空万里，盛龙带机关工业专班一行人前往邻镇参观学习村办企业去了。下午一阵狂风吹来，暴雨随之而降，门卫老张见下雨立即将机关干部的衣物收起来，准备放到房间里，而巧的是他只有盛龙书记的宿舍钥匙，无奈之下，他打开盛龙的房门，将所有衣物都挂在了盛龙房里。

而就在这天下午，袁艳来到了张河镇，她像往常一样打开了房门，映入眼帘的是一排挂在晾衣铁丝上的衣服。她一眼看到了一件桃红色的连衣裙，接着她又看到了一条很小巧的白色的女式三角短裤和晾在一起的乳白色胸罩。顷刻间，她大脑一片空白，气不打一处来，怀着满腔的愤懑与怒火，在房间里静候着盛龙的到来。

毫无准备的盛龙刚打开门走进房间，还没来得及与她打招呼，那边的袁艳拿着一个木制的衣架劈头盖脸地向盛龙打过来。盛龙本能地护着头往外跑，袁艳紧追不舍，围着镇委大院的场子追着打。机关干部见状，马上死拉活拽，制止了这场打闹。

尽管如此，盛龙还是理解袁艳的，她觉得袁艳是因为爱他才吃醋。盛龙对袁艳感到气恼的是，每到星期五回家过周末，六点左右乘车回去，儿子被自己的父母带着，家里已空无一人，一问，袁艳已上了麻将桌，而留给盛龙的是浴缸里泡着的几天没洗的衣服和厨房槽盆里几天没洗的碗。盛龙洗过衣服再洗碗，然后草草为自己下点面吃过，时间已近九点。每到周末，盛龙总是想到温柔乡里放松一番，左等右等不见袁艳的踪影，直到后半夜才听到毫无顾忌的开门声，洗漱声。然后刺目的灯光打开了，袁艳穿上睡衣，根本不理会盛龙，倒头便睡，顷刻，些微的鼾声冲断了盛龙刚刚兴起的欲念……

一两年来，这种生活已成为常态，盛龙几度燃起离婚的念头，但一想到之前一起走过的甜蜜岁月，这念头便打消了。

尽管婚姻不怎么完美，但场面上，盛龙还是盛龙，是那种敢作敢为又有所作为的盛龙，是汉州县镇党委书记中的佼佼者，深受领导和群众的肯定与好评。

盛龙任期届满，省委组织部要求汉州县提拔一名三十五岁以下的干部进县常委班子。这一条件仿佛是为盛龙量身打造，加上他大专培训班的同学、昔日的县委副书记张志刚已提拔担任汉州县委书记。张书记在常委会上理直气壮地举荐盛龙，说道："盛龙具有出色的组织能力，有扎实的工作作风，有点子，敢想敢干，又能干成事，是个可塑之才。"由此他顺利地步入汉州县领导班子，任常委、副县长。

六

盛龙在干训班毕业后这些年干得顺风顺水，而郝兵却混得不尽如人意。他一直期待能在外贸局弄个实职的副局长当当。那些年，县外贸局是一个十分热门的部门，每到职位出现空缺，在郝兵看来理所当然由他补缺，结果都是从诸如县委组织部等机关空降一个人过来，四年两次的落空，让郝兵完全失去了信心。他毅然决定下海经商。

离开单位后，他专程到张河镇找到时任镇委书记的盛龙征求意见，盛龙劝他再守一守，郝兵说："我去意已决，我找你是想让你将来支持我一下。"见郝兵意志如此坚定，盛龙就郝兵的要求表了个硬态："有条件一定支持，无条件创造条件来支持！"有同学的这句话，郝兵毅然决定下海经商。

他先是倾其所有的积蓄，承包了一家外贸服装厂，凭借曾在外贸工作过的人脉资源，还能接到一些外贸订单，几个单子下来，郝兵小赚了一笔。发财心切的他找盛龙借了二十多万元，加上自己手头的流动资金接了一个大单，想就此大赚一把，结果产品质量把关不严，被对方索赔，他将投入的资本赔得干干净净。

失败的他仿佛一头受伤的困兽，在舔干伤口上的血迹之后，准备转行做贸易，他认为做贸易比实体制造业风险更小。为了开阔视野，他还是找到老同学盛龙，将准备做贸易的想法告诉盛龙，请他出主意。盛龙建议他由外贸转做内贸，办超市，并要他去武汉考察一下超市。按照盛龙的提醒，郝兵赴省城考察了几家超市，大开眼界，于是他决定做国内刚刚兴起的副食超市。那时商业、供销都在改制，他想盘下县城中心的一家店作为他的第一家超市。当时，人们的观念还停留在对国有大锅饭的依赖上，没有人敢贸然收购或租赁门店。已是穷途末路的郝兵抱着试一试的态度，找到了汉州县供销社的余主任。见有人想承包门店，加上这个人知根知底，曾是外贸局副科级干部，余主任如获至宝，很快谈成一个方案。占地四千多平方米的门面，年租金二十万元，分三期交付，首期付六万元，半年支付六万元，一年后支付全款。然后租金每年以百分之十的涨幅支付。

　　除了场租，第一期铺货郝兵粗略地算了一下，最少需五十万元，这六十万元从哪里来，郝兵首先想到的还是盛龙。

　　面对同学，盛龙一脸茫然，刚借给他的二十万眼下看来归还无望，他家管财经的是袁艳，自己不仅手头空空如也，还为那二十万找他人借了十多万，钱从何而来？家里的所有积蓄不过一两万元，于是他回绝了郝兵。郝兵便去找银行贷款，但是银行贷款需要抵押物。

　　抵押物从何而来？郝兵想到自己名下还有一套房产，

便将其作为抵押物。

七

郝兵为自己的这第一家店取名为凯歌超市，这超市一经开张，便异常火爆。

凯歌超市在汉州县的横空出世，实在是让人大开眼界。首先，它完全颠覆了过去人们购物的理念。不像过去由一长溜的柜台把购物者与商品分离开来，这里已没有柜台，购物者可拖着购物车或拎着购物篓，穿行在琳琅满目的商品之间，随心所欲地挑选所需要的商品。其次，货架上摆放的商品多半是牌子货，精品比比皆是，杜绝了大街小巷小卖部时常兜售的假冒伪劣商品。加上由于柜台取消，售货员也相应减少，经过精心培训的服务员由过去只管交货收银变成了热情好客的导购，服务热情而周到。

令人耳目一新的凯歌超市开业后，使过去门可罗雀的副食门市部变成购物者川流不息的超市。一年下来，超市资金周转达十一次，日平均销售额达五万元，全年销售额一千八百多万元，纯利润近两百万元。这远超出了郝兵的预期。

郝兵喜出望外，他首先想到了盛龙，没有他的支持，他走不到这步。他用公文袋装了两万元现金去给盛龙拜年。那些天，盛龙为打发那些来送礼的人本来就憋着一肚子气，见郝兵又来此招，忍不住怒发冲冠。他打开门，把那装钱的公文袋往外一扔，气冲冲地说："你也和我搞这一套，有意思吗？我们是什么关系，难道就这么庸俗？你要这样做请你出去，我不想见到你！"郝兵见盛龙如此较真，马上笑起来，赔罪道："是我错了，我把东西拿回去好不好，我到这里坐会儿，我向您汇报一下工作嘛。"盛龙这才收起怒容，缓了缓说："这还差不多。"

也正好是那年，供销社余主任满六十岁退休，郝兵过去给他拜年，向他提了一个请求，希望他能加盟凯歌超市成为郝兵的合伙人。余主任婉言拒绝了郝兵的请求，说："我刚退，按规定退休后不能从事与过去职务相关的工作，我想过几天安逸的日子。"郝兵见余主任如此推辞也不好坚持，只好说："那我请您为我当顾问，以您多年的经验，指点我一下。"余主任应道："既然你如此看得起我，我也不推辞，但说清楚，我这个顾问只出主意，酒我是要喝的，报酬我不取！"郝兵上前紧紧握住余主任的手，感动得不知道说什么好。

无论余主任怎么推托，郝兵还是为余主任准备了办公室，安排了办公桌椅及沙发，三天两头打电话向余主任请教。恭敬不如从命，余主任退休后也没太多的事就到这里的办公室坐坐。每当余主任到办公室，郝兵就甩掉琐事，与余主任聊超市，聊管理，聊发展，每次都感到受益良多。

　　郝兵的心思远远不只在区区一个凯歌超市上，他一直在寻找着新的突破。余主任也猜透了他的心思，帮他琢磨着企业的发展战略。有一天，在余主任办公室，郝兵问："现在全县商品零售的总额个体小卖部超过了国有集体的门店吗？"余主任说："远远超过了，现在供销商业部门的营业额逐年萎缩，已经不是个体经营的对手了，不然上面为什么要求我们改制呢？"郝兵说："那您看这是不是意味着我们的机遇来了呢？"余主任说："你是怎么看的？"郝兵说："这种趋势说明个体经营机制比集体和国有的要活，而现在遍布大街小巷的个体户有灵活的机制却没有满足消费者千差万别购物需求的实力，加上由于缺乏制约，不法经商行为时有发生，他们的短板正是我们超市的强项，而机制呆板是国有集体商业的死穴，我们完全可以乘虚而入，取而代之。""这个想法好！"余主任拍案赞道，"这几天我也是这样想，能否把凯歌超市变成凯歌连锁超市，避开与大型国有门店或个体商户的竞争，在每个乡镇做一个一万平方米左右的大市场，取代过去的镇中心商场！"

　　两人一拍即合，并迅速着手开始了凯歌连锁超市的拓展。

　　由于方向正确，超市的管理模式成熟，凯歌连锁超市的拓展势如破竹，发展迅猛。因为资金匮乏，凯歌连锁超市有一部分是自营店，他们还接收了一部分加盟店。随着资金实力的壮大，郝兵的胃口越来越大，在汉州县稳稳站住脚跟之后，他带领团队向邻近县市拓展，不到四年，凯歌连锁超市的足迹已遍及汉州周边十个县市，连锁店达到两百多家，年销售额近二十个亿，吸纳就业人员达五千多人。

郝兵从机关辞职下海经商，不到十年工夫，实现了华丽转身，如今已成为汉州县响当当的人物了！

八

从农村摸爬滚打一路闯出来的盛龙进入县领导班子后，领导认为他分管农业应该是行家里手，很快可以进入角色。张志刚书记在分工问题上征求了盛龙的意见，没想到盛龙提出要分管工业经济工作。盛龙对张书记说："我不想把自己定位在农业专业户上，想挑战不熟悉的领域，请您放心，我是不会让您失望的！"张书记想了想，认为从培养干部这个角度出发，应该让他在多个岗位上锻炼，便同意了他的请求。

盛龙是个有心人，在张河镇任党委书记时，他就留意接触过一些成功商人，现分管工业，必须招商引资，壮大发展工业经济。他过去的这些人脉资源现在就可以派上大用场了。

上任第二天他就登门拜访郝兵，来到郝兵办公室，郝兵十分诧异地说："是哪阵风把你吹到我这里啦，有事我去你办公室请示汇报啦。"盛龙一摆手，说："老朋友了，不讲那些，我来是求你办事的。"郝兵马上应道："什么事只管吩咐，我全力以赴。"盛龙道："我是这样想的，你这两百多个超市可是一个大市场，特别是副食品这一块年销售近二十个亿，与你打交道的副食品企业肯定很多吧？我是想利用你这个现存的市场，筛选一批实力强的食品企业，动员他们到汉州来投资，你降低他们产品准入门槛费用，我为他们提供优惠政策，你看如何？"郝兵拍案叫道："好主意！我的客户在广东东莞居多，我们一起去一趟东莞如何？"盛龙立即回答："那我们明天就起程！"

广东的食品生产商一向把为他们销售产品的客户视作衣食父母，接待特别热情。盛龙这次到广东，很多经历给他留下了深刻的印象。如餐饮印象最深的是早茶，盛龙原以为是喝茶，哪知就是家乡的吃早点，俗称过早。但不同的是各种早点十分丰富，有荤有素，都是用小蒸笼蒸熟的，点心也是丰富多彩，肥肠、鸡爪几乎餐餐都有。最让人不能接受的是往早茶桌上一坐，没有两个小时是不能离座的。所谓招商引资之类的正经事都是在早茶时谈妥的。那些个子不高、偏瘦的广东老板们十分讲究地享受着早茶，慢条斯理地用广东普通话与他们交流，既没有像北方人那么豪气冲天，也不像江浙人那般温文尔雅。那是一班标准的生意人，只与他们谈生意，而且绕着圈子跟他们谈，给人感觉是道行很深，听起来不经意的几句话，把他所要关注的问题了解得清清楚楚、明明白白。

盛龙与郝兵在那里待了一个星期，有十家食品生产厂商已是摩拳擦掌，要跟他们一起来汉州县考察。

盛龙抓住这个机遇，带着这些老板立即返程，并将这一消息及时通知给张志刚书记。张书记得知此消息大喜，立即表态："告诉老板们，我全程参与接待！"其实这也是这些老板们最关心的事宜，而且盛龙早已明确表态："我们的张书记肯定会到场。"

尽管没有早茶，但汉州县的小吃也让这些老板饶有兴致，更让他们大喜过望的是这里有平坦且便宜得叫人目瞪口呆的土地。张志刚为这一行客商的到来召开了县四大班子领导专题会，将土地价格根据客商的投资额确定在零到三万元不等，投资过亿零地价，投资过五千万元的两万元一亩，在一千万元以上的三万元一亩。

县里在城区西面一个街道办事处划了五百亩地，作出了打造汉州县食品工业园的详细规划。

考察结束，八家企业义无反顾地与汉州县签下了投资办厂的合同，盛龙的一条思路转瞬之间变成了现实。

八家食品生产企业大兴土木，有三家外地的食品包装企业闻讯赶来，也在这里落了户。

那年，食品工业园成为一片投资的热土，在制作宏大的汉州县食品工业园的大招牌下，几百亩地的建筑工地上脚手架林立，旗帜招展，周边县市慕名而来参观的队伍很多，给汉州县带来超强的人气。

事业的风生水起并没有消除盛龙生活中的烦恼与忧患。进入县领导班子分管工业后，出差在外的时间多，接待应酬的活动多，包括周末都很少有时间休息，加上回去跟往常一样，袁艳一般时间都泡在麻将桌上，往往深夜回来把他吵醒，兴致全无的他只好倒头再睡。久而久之，两个人日渐疏远，而且生性多疑的袁艳笃定地认为盛龙心中已有他人。

有几次两人在家闹得不欢而散之后，盛龙索性不回家，就在办公室为他准备的一张午休床上过夜。袁艳就风风火火地闹到机关，说是捉奸，硬闯进盛龙的办公室，引来许多围观者，让盛龙十分难堪。

更为可怕的是袁艳背着盛龙开始接受一些找盛龙办事上他家门的人送的现金和礼物。有几次盛龙发现了要她退给行贿者。

尽管有些闲言碎语，但瑕不掩瑜，因工作出色，当五年一个周期的换届时，年龄刚过四十的盛龙由县委常委、副县长转任县委副书记。

九

当盛龙担任县委副书记之后，一手栽培他的张志刚也离开汉州县，调任楚源市任市委副书记。

盛龙全身心地投入到工作中来，由于前期他在县工业上的建树卓越，县委分工仍要他管工业。

"汉州县不能满足于建一两个工业园，要招顶天立地的企业！"盛龙踌躇满志地说，"现在我们县的企业就像是满天星斗，眼下需要的是众星捧月，捧出个圆圆的大月亮来。"从哪儿着手，盛龙通过对国内外、县内外形势进行认真的分析判断，提出作为鱼米之乡的汉州优势是资源，本地盛产大米和小麦，是食品工业所需的材料，我们仍应在食品工业上下功夫，引进全国乃至世界顶天立地的食品企业！

他开始搜集食品企业巨头的信息。很快他发现新加坡一家名为欣兴食品有限公司的企业已在国内投资，该企业以生产米饼为主，其米制点心占据国内百分之七十的市场份额，已在北京、上海、广东等地建厂。目前他们有意向中部拓展，已向湖北七个中等城市抛出了橄榄枝。

听到这一信息，盛龙兴奋不已，他暗自下决心，一定要把欣兴食品公司引到汉州！他立即组织专班，进一步打听了解该企业投资细节。经了解，该企业已委派一名刘姓技术员带着两个人对准备投资的意向地进行环境评估和市场定位。同时了解到他们有一个硬性要求，即他们投资的所在地必须至少有一间长一百五十米、宽五十米，能安放一条生产线的车间租给他们使用。

经过请示和论证，盛龙大胆地在食品工业园划了一块地，仅用两个月的时间，一间长一百五十米、宽五十米的钢构车间拔地而起。厂房一竣工，他马上赴上海欣兴食品公司总部，约见了刘姓技术员，邀请他们到汉州县考察。

欣兴食品有限公司的投资战略定位是中等以上城市，县城根本不在他们考虑的范围内，但见盛龙诚意满满，实在不好意思回绝，只好抱着应付的心理带上两个人随盛龙一起来到了汉州县。

刘技术员踏上汉州的土地，步入汉州县食品工业园，马上被眼前的景象震撼了！已落户开始紧张生产的十多家食品厂及配套企业有模有样，完整的生产链条，规范的现场管理，合理的布局，宽敞笔直的园中道路远远地超出了刘技术员对县级城市工业基础设施的想象。更让他兴奋不已的是这里有一间刚好承载本公司一条生产线的标准车间，这是其他七个城市都不具备的，原准备应付一下不了了之的刘技术员兴致盎然地对盛龙说："盛书记，这个地方不错！我们还需请示老板再答复你。"其实这位刘技术员就是欣兴公司对外投资的负责人，他们一行告别盛龙说是回上海请示老板，实际是入住了汉州，并对汉州的营商环境、地理位置、交通区位进行了为期三天的进一步考察，论证后拍板欣兴落户汉州！

欣兴食品在新加坡号称食品企业之王，是年销售过百亿的巨无霸，这样的企业落户汉州无疑成为招商引资一大奇迹！而更大的奇迹在于盛龙后期的运作。

建钢构厂房之初，县工业专班讨论时有人提出，政府不可能用财政资金为企业搞建设，钱从哪里来？作为政府只能出台优惠政策，做好服务。盛龙说他已找到承建商垫资建设，三年后偿还付款。有人说："欣兴食品是否投资还是个未知数，就算投资了，靠厂房出租，租金也抵不了建设资金。"盛龙答道："事在人为，只要欣兴在这里投资，我就有把握让他们在三年内全额回购我们的厂房。"

在欣兴公司入驻汉州后，汉州县非常注重环境的优化和服务的提升，县里在他们的工厂设置了警务室，为他们提供二十四小时治安服务；设立了劳务机构，为他们提供招工服务，召开与企业相关部门的座谈会，要求他们全身心服务企业，一切围绕企业需要去做工作。全方位妥帖的服务完全征服了欣兴食品，他们不仅在第二年就回购了厂房，而且又在食品工业园内征地三百亩，一年建一个厂，共建成薯条、牛奶等八家不同产品的分厂，将中部的总厂妥妥地布局在了汉州。短短五年，该厂在汉州的投资额超过两亿美元，年销售额三十多亿元，年税收近两亿元。

欣兴企业老板还为汉州县做义务宣传员，牵线搭桥，将新加坡近二十家企业引进来，一座新加坡工业园又呈现在汉州人们的面前。

新加坡工业园已初见规模，此时也正是新的换届年。年初盛龙被派往省委党校青干班学习。

十

省委党校青干班是培养并提拔优秀干部的前哨站，这个班由来自全省各地各部门的四十人组成，是一群充满活力、充满自信、前程似锦的年轻人。

一晃中青班四个月的学习就结束了，盛龙由学校安排与同学们一道参加中青班结业宴后从党校回到家，已是晚上九点多，正在读高三的儿子正在家做作业，见爸爸回来十分高兴，帮助他将旅行箱拉到房间，问他吃过没有。盛龙看了看已长得与自己身高相当的儿子，说："爸爸吃了回来的，你抓紧学习，争取考个一本！妈妈呢？""可能是打牌去了。"儿子答道，"那我做作业去了，爸爸早点休息。"

袁艳是知道他今天回来的，居然还是到牌场鏖战去了，浴缸里有一盆没洗的衣服，厨房槽盆里依然泡着一堆待洗的碗筷。盛龙见状，一股怒气涌上心头，他毫无心情去做这些家务，简单地洗了一个澡，到客房里倒头便睡下了。

那年正值换届，市委市政府已经有人在为自己的升迁去留努力着。孙斌特意到县里找到盛龙，叮嘱他一定云趟楚源市，找一找已经任楚源市委书记的张志刚。盛龙不为所动，十分淡定，他一回来就扑到新加坡工业园的建设上，开相关单位的协调会，为园区建设开绿灯，督促业主加快建设步伐。

有心栽花花不开，无心插柳柳成荫。换届结束，盛龙出人意料地破格提拔为汉州县委书记，对这次盛龙被提拔重用，坊间传出很多版本，多数人认为是现任的楚源市委书记张志刚竭力举荐的结果，但盛龙心如止水，他可以问心无愧地说自己的政治前途，是通过工作努力得来的，他并没有去找谁，也没向组织提出过要求。

走马上任的盛龙开始谋划汉州县的大局了，他是靠打发展牌一路高歌猛进、步步高升的，因此，他笃定要当好县委书记，依然要打好发展牌，用发展来回报组织对他的培养，用发展来报答汉州县百万人民的期待。

在到位的一个多月时间里，他带着一班人不停地在下面调研，听取各个层次的人士对汉州发展的建言献策。经过上上下下几个回合，对汉州县未来的发展，盛龙已是胸有成竹。在方方面面形成高度共识，并召开县四大班子联席会确定大政方针之后，盛龙决定召开一个记者招待会，最大限度地向百万汉州人民展示未来五年乃至十年汉州的发展蓝图。

记者招待会请来省、市、县三级新闻单位的近四十名记者，并特邀了一百多名县人大代表参加记者招待会。同时，会场对外开放，允许普通群众自发旁听，可容纳五百多人的县委礼堂在会议开始前已座无虚席。

招待会上第一个提问的是省报的一名记者，他问道："请问盛书记，您和县委一班人为汉州县发展勾画的蓝图最大的亮点是什么？"盛龙调整了一下面前的麦克风，胸有成竹地回答："最大的亮点是我们规划为汉州县城关拓展十平方公里的发展空间，也就是说未来五年乃至十年，汉州城区将由现在的二十平方公里增加到三十平方公里，常住人口由二十五万发展到四十万。"

有记者又问道："请问盛书记，县里这一拓城规划让全县农田减少一万五千亩，这与国家大政策有无冲突？"盛龙十分肯定地回答："首先我们划定的这十平方公里的土地不是基本农田，因此与国家政策无冲突。在此我要特别感谢我的前几任领导为汉州留下的发展空间。毋庸置疑，未来几十年将是我国人口从业结构急剧变化的时期，大量的农民将进城成为二、三产业的从业者。我们将城区扩充正是为了顺应这一潮流，迎接大批进城的农民。"

市报记者也直接提问道："盛书记，城里如果没有就业机会，那农民进城就无法生存，县里拿什么措施能让农民就业呢？"盛龙答道："当前我们县已有两个形成规模的工业园，一个是食品工业园，一个是新加坡工业园，本身我们的企业就需要大量员工，同时我们在新区，又划出了百分之八十的土地，用于发展二、三产业，我相信，十年后，新区将是一片繁荣的景象，我们的市民包括新进城农民只要勤劳肯干，一定会找到他们合适的岗位。"

楚源报的一名记者问道："听说为了促进新区发展，县里还采取了些超常规的举措？"盛龙答道："的确有些大动作。首先，我们准备将县委、县政府整体搬迁到新区。与此同时，我们还将把县第一中学和县人民医院、县客运站等关乎民生的一些机构单位整体迁移到新区，以促进新区人气迅速聚集！"

记者招待会进行了近两个小时，在场的人听到这些信息，无不为之震撼，大家对汉州县未来的发展又平添了几分信心！

十一

一场造城运动就此浩浩荡荡地展开了。盛龙也免不了与老板们打交道。这些老板中有房地产开发商，他们找盛龙要新区的土地做房地产开发；有建筑商，他们找盛龙想拿到市委市政府、医院、学校等建设项目。尽管盛龙反复解释说这个他不管，是招投标部门的事，但这些人还是通过多重渠道找上门来。

有一天晚上，盛龙九点才到家，出乎意料那天袁艳在家，家里还有一个客人。见盛龙回家，袁艳满面笑容地迎上来，一边给盛龙放好皮鞋脱下外套，一边说："这是我表哥，今天来找你有点事。"盛龙也认识他，知道他是为新区规划的人民医院后面的一块地而来的，便先入为主地说道："周总，我申明一下，要地、要项目，你去找相关部门，我不会过问这些具体的事。"袁艳马上接过话茬："你说的人表哥都找了，也没人反对，都说只要你点个头，具体他们去操作。"盛龙板起脸说道："我给谁点头？谁说这个话要他来找我？"周总说："没有谁说，他们的意思是说只要您不反对就行。"盛龙看袁艳着急的样子，这才把口气缓了缓说："你去给他们说，只要他们按原则办就行，我没有什么意见。"领了盛龙的这句话，这位周老板笑盈盈地走了。

没过多久，周老板果真拿到了那块地，因为与袁艳是老表，他顺理成章地成为盛龙家的常客，逢年过节总送些礼物到盛龙家，有好几次被盛龙遇上给硬生生地退了回去，他还严肃地对袁艳说："我再重申一遍，你千万不要随便接受别人的礼物。"袁艳解释道："我知道，但老周跟我是老表，逢年过节到这里走动一下是我与他的事，与你不相关，你不要管得太宽。"见袁艳说到这个份儿上，盛龙也就没再说什么了。

就在盛龙任县委书记的当年，他的儿子参加了高考，儿子平时成绩就很一般，这次考了个二本。盛龙从内心深处确实有点内疚，由于一心扑在工作上，他很少过问儿子的学习，袁艳也有些责怪他，但事已至此，他只得接受这残酷的现实。

盛书记的儿子考上大学的消息马上传开了，前来送贺礼的人一拨接一拨，叫盛龙应接不暇。一些人见盛龙坚决地回绝，转而把贺礼送到袁艳手上。在袁艳看来，自己也经常给别人送升学贺礼，人家再送回来属礼尚往来，因此也就理直气壮地收下来了。

十二

盛龙任职的第三年，汉州新的县委县政府大楼全面竣工，县四大领导班子及相关人员迁入新的办公大楼，部分科局和便民中心也同时竣工动迁。两纵四横的主要干道已全面建成，配套电网管网已全覆盖，整个新区通过招商引资，已入驻各类企业二十三家，新城区已初具规模，县委为汉州县规划的发展蓝图正在快速有序地推进中。

搬进新区办公不久，楚源市委书记张志刚来了一趟汉州，他看了汉州县新区，十分激动，当着汉州县委一班人说："你们为汉州县人民做了一件大好事，也为楚源市带了个好头！我要在全市推广你们的经验。"

又是一个换届年。换届结束，盛龙任楚源市市长助理、市政府秘书长的职位。他迅速拿出饱满的状态投入新的工作。

临调离汉州之际，盛龙开始考虑与袁艳的关系了，这些年来，他与袁艳貌合神离，两人的婚姻也已经是名存实亡，现在儿子又上大学去了，应该是了断这段婚姻的最佳时机。他以净身出户并独立承担儿子赡养费的高姿态主动提出了离婚的诉求。结果袁艳死缠烂打，在汉州闹得鸡飞狗跳，路人皆知。这一闹更加坚定了盛龙离婚的决心，硬是通过法院判决实现了离婚的愿望。

满以为就此可以轻装上阵的盛龙到楚源市任职没多久，一封举报信分别寄送到了中央、省、楚源市纪委。主要告盛龙在任期间有严重的受贿犯罪问题。

第一笔，是举报盛龙接受新加坡欣兴食品公司一百万元礼金。

第二笔，举报盛龙儿子升学收受礼金六十八万元，举报信注明了近三百人送礼金的明细。

第三笔，担任领导职务以来，逢年过节收受的礼金一百五十万元，举报信附上了送礼详细记载的单笔金额，一百多个单位和个人的明细。

第四笔，举报盛龙利用职务之便，向××房地产商索要一百平方米的住房一套。

因为是实名举报，加上内容翔实，证据确凿，中纪委对省纪委下了专项督办函，省纪委迅速立案并立即组成专班，又从楚源市纪委抽调了两名工作人员，对此案进行了立案调查。他们首先找到举报人袁艳，袁艳积极配合。

接着调查人员找到房地产开发商，开发商矢口否认，告诉调查人员，房子是盛书记出钱购买的。"既然是购买的，你们公司一定有发票底单。"办案人员提出要求，要公司提供发票存根，公司老板领着调查人员一道去财务室查找，总算找出了底单，但与其他购买者相比，盛龙的房子便宜了十四万元。

纪委专班胸有成竹，立即对盛龙进行了"双规"。

对盛龙来说，那是一段痛不欲生的时光，他没有了自由，一支笔、一本纸，要交代问题。问什么问题，对方惜字如金："你自己知道。"就不再理会。偶尔提审一下，再就是把盛龙撂在那里。盛龙非常希望办案人员能提审他，他非常想与他们交流。他多次对办案人员说："我真的不知道我犯了什么罪，我也不想组织上宽容我，只要告诉我我究竟犯了什么罪我都认！我不想一个人整日整夜地待在那房间，那样我会疯掉、死掉！"尽管他有时甚至是歇斯底里地表达自己的诉求，但依然没有人正面回答他。

纪委见他始终不交代问题，便对他说，你先把你自己认为违纪犯罪的行为交代出来。盛龙搜肠刮肚，陆续交代了他逢年过节、儿子上大学收受礼金的情况。说到购房的事，盛龙承认只支付了成本价。盛龙交代了这些问题后纪委再怎么提醒，他要么缄口不言，要么坚定地表示他要交代的问题已经交代完了。

无奈之下纪委一行人来到上海，找到当年去汉州县投资的刘经理，问他欣兴公司对盛龙是否有过送钱送物的行为。刘经理义正词严地告诉纪委办案的同志："我们欣兴食品是盛书记通过招商引资招过去的，我以公司和我个人的名誉担保，不排除逢年过节我们代表公司送过盛书记一些本厂生产的产品，但绝没有送过一分钱的现金。"这一百万元受贿为子虚乌有的真相终于水落石出。

经过近半年的审查，盛龙的犯罪事实总算是尘埃落定，尽管盛龙已认可这些违纪犯罪行为，但还是感到有些委屈，因为这些受贿行为是袁艳所为，盛龙根本不知情，但一想到儿子还需她照顾，他也就不想伤害袁艳，一个人便全扛下来了。

对盛龙的违法犯罪行为，省纪委的通报是这样表述的：

盛龙，男，1957年出生，大专学历，曾历任张河镇镇党委书记，汉州县委书记，楚源市市长助理、市政府秘书长。

盛龙在担任党政领导干部期间，由于放松了对自己的要求，大搞钱权交易，借子女升学及节假日敛财，向房地产商索贿，受贿金额合计达二百三十二万元。经市委研究报省委同意，开除党籍，免去盛龙楚源市市长助理、市政府秘书长职务。因已构成犯罪，拟移交检察机关依法处置。

盛龙移交检察院后，他由纪委的办案基地转到了楚源市第二看守所。

十三

盛龙被审查的后期，是纪委和检察院联合办案，从批捕到起诉进展还算快，仅一个月多一点，起诉书就送达楚源市人民法院。法院在认真审阅起诉书及相关材料之后开庭对盛龙受贿一案进行了庭审。

庭审时，盛龙对所指控的犯罪事实供认不讳。

庭审完毕后，合议庭认为盛龙的受贿行为受众面广，来源复杂，拟交审判委员会审议。

根据楚源市法院审判委员会的意见，楚源市法院、检察院组成专班，对盛龙的受贿金额进行了再次审定，认定盛龙受贿总金额为一百八十二万元。法院依法判处盛龙有期徒刑六年。

盛龙在狱中表现出了一种莫名的平静与淡定，他开始认真地梳理和反思起自己的过往。

他现在非常羡慕郝兵和熊军，同样是同学，郝兵和熊军都拥有了自己完美的人生，我为什么如此悲惨呢？我们在同一条起跑线上出发，我一路绿灯，他们遇到红灯绕道而行，找到了自己人生的目标，我最后却走向了深渊，如果我和他们一样早点遇到红灯呢？这也许就是人们常说的冥冥中命运的安排。

　　初始被定罪判刑时，他感到自己冤枉，他认为收受贿赂不是他所为，况且这种年节收礼、孩子升学收礼几乎是一种常态，他却要为此买单，为此付出惨痛的代价。他无法理解，思维总在这个死胡同里绕，怎么也绕不出来。入监后他反而认罪了，党的纪律规定得那么清楚，刑法也明明白白摆在那里，他在扪心自问，在袁艳收受礼金的过程中，你不是也没有了任何心理防线，带着一种侥幸的心理吗？

　　任何人不能无视纪律与法律！

水梦乐园的来世今生

一

2016 年底，汉州县委办公室副主任巢瑞接到新的任职通知，市委任命他为赵家镇党委书记。

正所谓风水轮流转，曾经是汉州县最偏僻、最落后、被边缘化的赵家镇这些年突然火爆起来了。它的火爆得益于旅游业的兴起，有老板在这里投下巨资，打造了一个名曰"水梦乐园"的景点。

巢瑞三十有二，一米七八的个头，长着一张国字脸，从一普通一本大学行政管理系毕业后，作为选调生被安排在汉州县委办公室担任科员，主要工作职责是为领导写公文。他一来文笔不错，二来踏实肯干，短短六年就被提拔到办公室副主任的岗位上。在副主任岗位上干了不到两年便调任赵家镇主政一方了。

他拒绝了办公室同事们的送行，轻车简从，与县委组织部一名领导一道来到离县城一个多小时车程的赵家镇，开启了他人生全新的旅途。

巢瑞深知，自己到赵家镇，工作的着力点应该在水梦乐园进一步打造上，所以他到任的第二天便去拜访了投资水梦乐园的老板钱亮。

那天钱亮正好在水梦乐园的会所。巢瑞已多次见过钱亮，钱亮还是那副儒雅的做派，上过发胶的三七开偏分头漆黑油亮，透过那一副金丝细边眼镜可以看到一双闪烁着敏锐与自信的双眼。身着一套藏青色的高档西服，打着一条紫色领带，已经是六十大几的人了，看上去充其量四十多岁。

见到巢瑞，钱亮立马主动迎上来拉住他的手，笑容可掬地说："巢书记还没到任我就听说了，祝贺！祝贺！今天我在会所特别备了薄酒一杯，给巢书记接风。"巢瑞道："钱总客气了，酒就不喝了，我今天一是来拜访您，二是想听听您的意见和想法，我们怎样当好后勤，做好服务，把水梦乐园打造得更美。"

钱亮道："时间尚早，我们先到景区转转，边看边聊吧。"说罢，把巢瑞一行请上了早已准备好的观光车。

这个景区巢瑞不止一次游览过，这次他的感受格外不同，看得十分细致，上午在观光车上看过后，回到机关食堂吃了点饭，又带上几个人徒步去看整个景区，直到天黑下来才回到宿舍。

二

几天下来，巢瑞将水梦乐园看了个透，对这块蛮荒之地华丽转身成为闻名遐迩的4A级景区的来龙去脉也了如指掌。了解得越深，他便越被钱亮的情怀与格局所感动。

钱亮是福建人，20世纪70年代，二十出头的他去了马来西亚，在姑父的一家小公司里跑销售。据他本人讲，那时他是背着一个装满化妆品的黄色帆布袋，走街串巷，将一瓶瓶化妆品卖给用户，尝尽了讨生活的酸甜苦辣，也学到了一点经营之道。不久他自立门户，做起了德国一家化妆品牌的销售代理。经过十多年的努力打拼，总算有了一点资本。听说国内改革开放，政策开明，便回了国，带着试探心理寻找商机。当年他的一名老乡在汉州县担任侨联主席，钱亮前去拜访时老乡盛赞汉州县民风淳朴，政府开明，建议他到汉州投资。钱亮经过一番考察，对汉州县印象不错，便果断地在汉州县办了一家日化生产厂。

汉州这块土地没有辜负钱亮的期待，到2005年钱亮的日化公司赚得盆满钵满。正在他事业的鼎盛时期，他又果断地将日化厂脱手变现，将近百亿头寸攥在手里，顺利地跳出竞争日渐进入白热化的日化市场。

这时，人们满以为已到退休之年的钱老板会急流勇退，回老家颐养天年，没有想到他找到时任县委书记的李民，提出要看看县里是否有旅游投资价值的地方，他明确表示，要在汉州县做旅游投资。

当时李民书记百思不得其解，工业投资可谓点灯拨火罐当面见效，你钱亮为何舍近求远，选择投资量大、周期长，又极具风险的旅游业呢？钱亮给李民以非常肯定的答案，他说："书记有所不知，投资旅游是我的夙愿，加上我的这些钱是在汉州县赚的，所以我不想拿走，就想把它投在这里。投资旅游一来让汉州人有一个休闲的去处，二来可以吸引来自世界各地的人们来到汉州，了解汉州，投资汉州。更何况我现在不缺钱，适应投长线，长线投资只是回款慢一点，只要投得准是有钱可赚的。"一席话把李民书记说得很感动，立即成立了一个专班带着钱亮对境内十多个乡镇进行了考察，最后钱亮看中了沟渠纵横、湖汉横生的赵家镇。钱亮信心满满地对李民书记说："给我八到十年时间，我一定将这里打造成为一个水梦乐园！"李民书记立马接过他的话头，道："那未来这个景点就取名水梦乐园吧！"钱亮兴致盎然地应道："就这么定了！"

三

拿到国家有关部门的批文后，钱亮就着手改造他在赵家镇圈地五平方公里的土地。他要在这块土地上造一个湖，在湖上建一个水上高尔夫球场、一个水上娱乐中心。

钱亮首先安顿好近一百五十户、二百多名适龄劳动者。在当地政府的主导下，除了一部分在外打工不愿意回来的，他挑选了四十多名年纪较轻的进入公司，开始岗位培训，其余的本着双向选择的原则由县政府相关部门安排在县上其他企业就业。

随后，钱亮便开始大兴土木，全方位地展开了景点开发工作。他请了国际顶尖的规划师为之设计高尔夫球场，请了当地的民俗专家为之出谋划策。一块又一块装点景区的巨石，一棵又一棵点缀景区的大树，一株株美化景区的奇花异草……源源不断地从外地运来。有当地政府的保驾护航，有充足资金做坚强的后盾，有钱亮带领的团队的鼎力支撑，工地上车水马龙，工程进展迅速，不到三年时间，一个高雅的水上高尔夫球场已现雏形，水上乐园的民俗项目也陆续落地。

项目将鱼池全部还原了历史的湖泊形态，在钱亮的主导下，特意设计了游客与景物的互动项目。

钱亮非常执着地找到当地的那些老渔民，搜罗了汉州县千百年来各种捕鱼方式，并系统地将其分为四大类近三十种，分别为网渔具（共九种）：板罾、赶罾、瞄罾、丝网、拉网、拦网、撒网、迷魂阵、撮子；钩渔具

（共五种）：滚钩、拖钩、地沟、钓钩、卡子；帘箱捕鱼具（共四种）：�、花篮、竹罩、麻罩；其他渔具（共七种）：鱼叉、鱼耙子、篆子、鱼划子、排叉、摸鱼、鸬鹚捕鱼。他把这些捕鱼的器具全部投放到近千亩的浩瀚湖边，而且每年都有计划地投放各类淡水鱼苗，让游客们来到这里即可随心所欲，各显其能，尽情地享受捕鱼的乐趣。

在打造自然景观的同时，钱亮还千方百计地为水梦乐园附着上文化的内涵。他特意请了省城一位研究楚文化的知名教授，对当地进行了深入的考察论证，得出唐代一著名诗人前往洞庭湖云游，曾途经此地，并赋诗一首。于是钱亮请汉州县书法家协会主席将这首唐诗写就并雕刻在一块巨石上，庄重地立在了水梦乐园的大门口。

钱亮是一个追求完美的人，对水梦乐园十分上心的他那些年时常住在简易的工棚里，对项目的每一个细节都不放过。如，他深知水上乐园和高尔夫球场接待的游客是具有很大差异的，便将两处用一条百十米宽的沟渠隔离。同时建了一座十分雅致的拱桥，方便游客观摩与互动。

直到 2008 年端午，他借助县里举办龙舟大赛的时机开始正式接待游客。由于前期进行了大量的广告宣传，水梦乐园项目一炮打响，全国各地的游客纷至沓来，特别是节假日，水上乐园游客的接待量总是轻松过万，水上高尔夫球场的接待量也是与日俱增，这种局面让钱亮感到十分满意。

四

置身于这块已被装点得如仙境般的土地上，巢瑞的心里更多的不是陶醉而是压力。作为一个主打旅游的小镇，目前起点已经如此之高，要想在这个基础上有新的突破谈何容易！但不甘安于现状的他已下定决心，要干出一番事业，实现人生抱负。他一头扎进了旅游事业中，查资料，看景点，踏勘水梦乐园及周边环境已经成为他工作的主要内容。

到任才一个多月时间，巢瑞便找机会给钱亮提了个建议：目前景点人流量如此之大，应该改当前比较单一的餐饮模式为差异化的多元餐饮思路，可以考虑将汉州县的名点、名菜、名厨引进景区里来，让游客不仅欣赏到这里的美景，还可以品尝到当地的美味佳肴。巢瑞的建议马上被钱亮接受，在镇政府的协调和公司的运作下，不到半年，景点就从全县引进各类早点、小吃、餐饮连锁店二十多家。这些早就看到商机的业主在景区划定的区域自建了风格各异的门店，别致且多样化的建筑无疑又为景区平添了一道风景。店主们兴高采烈地开始了经营，生意十分兴隆，游客们赞不绝口，钱亮盛赞巢书记为他出了个好点子。

接着，经过认真的踏勘后，巢瑞又萌生了一个大手笔的方案。他看中了离水上乐园不足一公里的镇林场的一片水杉树林，这片林地足有三千多亩，树龄均已超过五十年，每到春天，便是郁郁葱葱的一片绿。到了寒冷的冬季，水杉叶由绿变红，这里就又成了紫红色一片，景色蔚为壮观。这片树林在汉州县乃至全省无疑是稀缺且珍贵的资源。

巢瑞想建议钱亮将这片树林与水梦乐园对接，做活这一亮点，为汉州县的旅游事业添光加彩，更希望能提高水梦乐园的档次。

主意既定，他特意将钱亮带到林场，让他实地观摩了一番，然后将自己的想法和盘托出。这一大胆设想让钱亮激动不已，当即拍板表示，只要没有政策障碍，他同意着手运作。

着手开发这片林地，究竟是否存在政策障碍，巢瑞心里没底，他特意请县土地管理部门的领导实地踏勘。土地管理部门经过认真核对后，给出的结论是作为林地是不能用作旅游开发的，如果硬要改变这块土地的用途，像这几千亩的面积需要国家级土地管理部门做出变更裁决。巢瑞当即提出不同的意见，他认为只要业主在开发过程中不砍伐或损害这片树林，就等于没有改变这块林地的用途，完全可以不做变更，倒是林地与水上乐园的接合部如果要动用土地是需要得到有关部门的批准的。

带着这个问题，巢瑞前往县城，向县委书记李民汇报了他的打算和顾虑。李书记非常支持他的这一创意，并鼓励他放手大胆地干，李书记说："等、靠、要不是我们办事的风格，政策是死的人是活的，需要的话我带你们'跑部进京'。"为了表明对这一工作的重视，县里还由县委书记主持，召开了请相关部门参加的水梦乐园新上项目专题协调会，发了文件。县里的态度如此鲜明，巢瑞和钱亮自然是信心倍增，他们紧锣密鼓，拉开了新建项目的帷幕。

五

　　当项目全面展开，待巢瑞和钱亮对这片树林的来龙去脉搞清楚后，一种肃然起敬之情油然而生。原来这片树林有一段抹不去的历史，一波心酸的往事。

　　这还得从 20 世纪 50 年代末 60 年代初说起。在那个特殊的年代，汉州县接收了一批被下放的知识分子，他们中多数是当年文化界、科技界专家学者和大学教师。县里决定在最边远、条件最艰苦的赵家镇建一所供这些人劳动改造的干校。赵家镇接到任务后，把干校建在了当地农民弃置而荒芜的三千多亩冷浸田（冷浸田即当地最低洼的湖田，由于土地长期浸泡在水里，一般来说庄稼种下去往往短收或绝收）。

　　不要说这样恶劣的自然条件，即便是给这些知识分子一片良田，他们也未必能把庄稼种得好。但不管再难还得干，干校领导吴七斤是一位苦大仇深的农民，也是土改积极分子，年已五十，精瘦，一张黧黑的削骨脸上布满皱纹，做农活是把好手。他从内心深处不怎么待见这些知识分子，见到这些人后毫不客气地说："这里不是请你们来做客的，是要你们来劳动改造的！从明天起，统统听我的指挥，下地干活。"

那时没有机械，除了村里两台脚踏水车可资利用外，这些手无缚鸡之力的书生们便在这片沼泽地用手工筑坝，用面盆和水桶排出渍水。经过几个月的不懈努力，渍水终于基本上被排出。

吴七斤适时召开了转段动员大会，大手一挥叫大家立即投入到水稻种植上来。他万万没有想到的是，在会上居然有人公开提出不同意见，反对在这块地上种水稻。反对的人是省农学院的当年才三十出头的年轻讲师柯维。他提出在这里种水稻是不会有收获的，因为冷浸田水温偏低，不宜水稻生长，要种就种既依赖水又耐寒的植物。毕竟柯维是农学讲师，加上已经有过种植失败的教训，貌似专横的吴七斤还是服了软，他压低声调反问道："那小柯，你说说种什么合适？"柯维胸有成竹地回应："这块地只能种树，而且根据本人的考察与判断，这里只能种适合在沼泽地生长的树种，在江汉平原上，最佳选择只能是水杉了。"见柯维语气如此坚定，吴七斤表示回头去找领导请示汇报后再作决定。

植树是一项技术含量极低的简单劳动，但这批拥有知识的人们却十分认真地对待他们共同认可的工作。以往农民栽树时往往不讲质量，种下了又不妥善养护，导致成活率很低，呈现"今年栽树明年光，年年栽在老地方"的现象，加上对分配到此的树苗没有进行筛选，长短粗细不一，树木良莠不齐，破坏了成片林的整体感。

为了不重蹈覆辙，学员们按照柯维提出的要求，实行"三个一，追责到底"的管理模式，即遴选树苗长短粗细务求统一；扦插（水杉属于扦插种植类）深度统一；苗木间距线条整齐划一；实现包栽包活的长效责任追究制。

就在这块泥泞的沼泽地上，当年那群被下放的人高质量地完成了三千多亩林地的种植任务。六十多年后的今天，当巢瑞和钱亮看到这片林地时，与邻近和周边村庄的树木比，可谓天壤之别。眼前这一棵棵大小粗细一致，不枝不蔓，像一把又一把利剑直指蓝天的水杉，印证了当年那些知识分子是认真落实了各项制度，并付出了辛勤的劳动。更让人感到难能可贵的是，整片树林规划缜密，布局合理，其间有纵横两条林间道路。漫步树道，不管从哪个角度看，树与树之间都是一道道笔直的线。钱亮惊叹道："这哪里是一片树林，完全是一幅精美的画作，是那些可敬的朋友们留给世人的一份珍贵的厚礼！"

六

怎样把这片树林打造成为令游人心灵震撼、流连忘返的自然景观，钱亮虽然已投身到旅游产业中，但毕竟不是很在行。他看好这片树林，认为有开发价值，也产生了一些开发的构想，但心里还是没有底，他决定找专家支招。

他把一些想法告诉给了巢瑞，希望通过政府联系专家。巢瑞立刻想到了当年主持种植水杉的柯维，他曾听当地群众说起，前些年柯维曾经和几名干校同学来过林场，于是到省城农业大学去找柯维。年逾九十的老教授柯维听罢来意，兴致盎然，表示全力配合，无条件地支持。

柯教授是一名有情怀的知识分子，他十分眷念那块曾经给他留下难忘记忆的土地，尽管已经过去半个多世纪，身板依然硬朗的他总不时前来走走看看。这次有这么好的机会，他当然不会放过，特意约了另外一位退休的教授一起来到了赵家镇。

两人一到赵家镇，便受到盛情款待。九十多岁的柯维教授精神矍铄。席间巢瑞给老人家倒酒，他没有拒绝。老人以酒助兴，十分健谈，话语像当年那样率真豪爽，他一本正经地对钱亮说："钱老板，看巢书记的面子我这次给你出个金点子，无偿的哟。"钱亮立马接过话题道："既是金点子，我绝不亏待大教授！"柯维不停地摆手道:"钱老板能圆我的梦,让这片令我魂牵梦萦的林地华丽转身为人间仙境,让八方游客一饱眼福,我感激不尽,何谈回报!"接着,老教授把一同前来的那位教授带到巢瑞的面前,说道:"巢书记,我这次特意把陆骏教授带来了,他是一名鸟类专家,你明天就到树林中间搭个棚子,我和陆教授要住在树林里,我们会给大家一个惊喜!"

按照柯维的要求,钱亮在树林深处搭建了一个集装箱房,把两位教授安顿下来。巢瑞和钱亮隔三岔五过来看看有什么进展。不到一个月,两位教授的初步方案便浮出水面。

陆骏是鸟类专家,一个月来,他便没日没夜地待在林子里,拿着单反相机和变焦望远镜,捕捉着林中的各种鸟类,并及时给这些飞鸟拍照收藏起来。直到他认为已经拍尽林中所有鸟类后,他才约了巢瑞和钱亮面谈。

陆骏先是拿出自己拍摄的一组照片交给他们,然后谈了他的想法:"目前,在湖北境内,尤其是在江汉平原,像这样的成片林实属罕见,这里无疑是鸟类的天堂。你们也许没有仔细观察,这儿每棵树的枝杈几乎都有鸟巢,层层叠叠蔚为壮观,这本身就是一道亮丽的风景。据我这近一个月的观察,林中共有各种鸟类一百零九种,有近二十种国家重点保护的稀有鸟类,其中最多的品种是白鹭,最珍贵的是国家一级保护动物彩鹳。我希望你们在开发景点时，珍惜这一得天独厚的旅游资源，千方百计拓展这些鸟类的生存空间，让它们为水梦乐园添光加彩。我将这一百零九种鸟的照片汇聚成册交给你们，你们可以将这些照片制作成宣传品，布置在景点中间。我还在树林深处的一块空地设计了一个仿彩鹬造型的观鸟台，供游人欣赏这层层叠加的鸟巢和千姿百态的鸟。"万万没有想到陆骏的到来另辟蹊径，为游客平添了一个绝佳的看点。难怪柯维说要给大家一个惊喜。

　　说到整体开发，按照先前钱亮与巢瑞最为期待的构想，是将这片生长在陆地的水杉林变成水中水杉林，让游客乘船在林中穿行，从而享受到一种前所未有的视觉冲击。还可以在这水中投放各种鱼类，既作观赏，又为这大量的鸟类提供丰富的食物，拓展鸟类生存的空间。这样就将"水"这一主题一以贯之，实现了与水上高尔夫和水上乐园的无缝对接。眼下钱亮最大的顾虑是如果这些树长期浸泡在水里是否能够正常生长。

　　柯维用专业的诠释打消了钱亮的顾虑，他说："英雄所见略同啊，我这次来要出的金点子就是将陆地树林变成水中林，来之前我认真做了功课，水杉属耐水植物，可以常年在水中生长，如果要让它生长得健康一点，那就每年把水排干，晒一到两个月的根即可。当年这片沼泽中间还有一口近一百亩的水塘，我建议在这个水塘上再做点文章。"钱亮应道："准备做一个人工小岛，中间做一座高一点的亭阁供游客登高观赏水中水杉林的全貌，四周点缀几间茅草屋，让妙龄少女在其间演奏不同的乐器为游客助兴。"柯维拍手叫好。

方案敲定，几位志同道合的忘年交异常兴奋，在巢瑞的提议下，从水上乐园捕来几条鲜鱼，用湖水煮湖鱼的烹饪方式，做了一桌鱼宴，大家把酒言欢。陆骏诚恳地说："各位如果不嫌弃的话，我和柯教授想作为不取酬的业余顾问，为这个项目添点砖加点瓦。"钱亮立马表态欢迎他们加盟。柯维兴奋不已地举起杯，豪情万丈地说："这里曾有我的一个梦想，有钱总和巢书记在，我将不遗余力，把这里打造成全世界一流的水上旅游仙境！"巢瑞举杯道："激情是成就事业的最大动力，各位前辈尚能如此初心不改，积极进取，相信这里定能铸就辉煌！"

七

接下来的工程进展十分顺利，到 2017 年初夏，水杉林项目完美竣工，可以开始接待游客了。为了赢得一个开门红，钱亮将开放的时间定在"五一"长假。时间进入倒计时，钱亮心里忐忑不安，时而信心满满，时而空空落落，不知道前期这些倾心的付出是否能得到应有的回报。开园迎客的那天，游客蜂拥而至，第一天就有八千多游客进园，以后连续几天游客突破万人，到长假的最后一天，竟然突破两万人。游客们对水梦乐园的美好景色给予高度的评价，诸多"驴友"通过微信、抖音、短视频等方式盛赞：来到这里会给你前所未有的视觉冲击和让人不由得为之喝彩的冲动，尤其是行船游览水杉林，恰如梦中云游仙境！

成倍增长的游客让景点内的接待系统应接不暇，为此钱亮亲自到现场协调指挥，但有些环节依然衔接得不够好。游客提了很多意见建议。钱亮就此找到了当前景点存在的痛点。

游客反映最集中的问题是景点的住宿非常紧张，景区内原有的一家不足一百张床位的宾馆已经远远无法满足当前的需求；其次希望景点能增加一些表演类的项目用于提升游园的档次；同时期待晚上在游园内举办一些活动，营造旅游过程中温馨浪漫的氛围。

通过这一年多的交往，钱亮对巢瑞产生了一种情感上的信赖。带着这些问题，钱亮找到巢瑞，共商对策。巢瑞为钱亮支了一招，将游客所提的意见一揽子化解了。

巢瑞与钱亮一道去了一趟北京，找到一家知名的民宿公司，对方高管前来考察后当场拍板，与钱亮签了合同，投资水梦乐园。

他们在水上乐园和水杉林的接合部租赁了五十亩地，建了四栋拥有两百间客房的民宿，还避开高尔夫球场的高档会所，在水上乐园和水杉园建了若干间水上木屋、集装箱房、蒙古包。这些房子单间、标间俱全，室内布置格调温馨而又浪漫。其中蒙古包顶采用透明玻璃制作，使游客能躺在床上赏月观星，沉浸在大自然的怀抱里。

这家民宿公司签约了全国二十多家档次较高的演艺公司，这些公司可轮番巡回在各个签约景点演出节目，从而使景点的表演做到不断更新，让故地重游的游客体验到不同季节的美景，观赏到不同风格的演出。

演艺公司还开展了在景区举行婚庆及其他喜庆活动的业务，同时将夜间与游客互动的事宜也承揽下来。钱亮感叹道："这民宿公司的进入，弥补了景区的短板，给景区增添了活力！"

八

随着景区各项功能不断完善，良好口碑的建立，加上不惜重金投放的各类媒体广告的大力宣传，水梦乐园的游客始终保持在日均万人的高位。高尔夫球场由于成功接轨国内完善的会员制，前来切磋的球友络绎不绝，如果不提前预约很难入场挥杆；住宿无论是民宿、水上木屋、集装箱房还是蒙古包都十分饱和；表演类节目的推陈出新让游客们流连忘返；观鸟台成为游客们驻足的胜地，更是摄影爱好者的最爱；儿童游乐场完善的游乐设施成为孩子们玩乐的天堂……

不久，国家旅游局给予了水梦乐园"神州水上第一景"的雅评，随即 5A 级景区的金字招牌挂在了游客接待中心。起初钱亮并没有对这一投资理想的回报存有太多的期待，眼前无论是社会影响力还是经济效益都远超预期，这让他兴奋不已。他对巢瑞、柯维、陆骏从内心深处表示感谢，尤其是巢瑞。他觉得自己十分幸运，遇到了几位不求回报又有能力给他事业助一臂之力的贵人。

钱亮做梦都没有想到一场巨大的灾难正在向水梦乐园袭来。2018 年 9 月中旬的一天，正值景点上下安排国庆长假旅游高峰相关事宜，巢瑞面色凝重地带着几名陌生人来到水梦乐园文化旅游公司办公楼。早上就接到通知，在总裁办公室等候的钱亮以为是要接待有大领导参加的旅游团。客人们刚落座，巢瑞就介绍了前来的一行人士，他们是由国土资源部牵头，由省、市、县国土资源部门工作人员组成的一个监察小组。介绍毕，只见牵头的领导拿出一份红头文件，操一口京腔，义正词严地说道："通过航拍，我们发现水梦乐园景区占地违反国家有关政策规定。经国土资源部研究决定，责令水梦乐园停业整顿，由地方政府组织近日对景区所有旅游建筑及设施予以撤除。当地政府和水梦乐园公司负责人务必密切配合，立即行动。本监察小组将对这项工作进行专项督办，一星期后对整改完成情况进行检查验收。"说罢将那份文件交给巢瑞，带一拨人扬长而去。

办公室只剩下钱亮和巢瑞，两个人面面相觑，无言以对。

监察小组通气的第二天，二十多台铲车、推土机、吊车等浩浩荡荡地开进了景区，不到两天工夫，景区内的儿童游乐场、民宿建筑、集装箱房、水上木屋、大风车……这些经数年而建成的建筑和安装的各类设施转眼间变成了一堆瓦砾和建筑垃圾，精致亮丽的景区被摧残得一片狼藉。

县财政局与旅游公司请第三方专业评估机构，对拆除所造成的损失进行评估后，向汉州县政府交付了一份四亿七千万元损失的清单。

很快县纪委也对此事件进行立案调查，表示要严肃追责。没过几天，处分结果就公之于众了，涉案并给予党政纪处分的共七人，其中县国土资源局局长被免职并给予党内严重警告处分；赵家镇党委书记巢瑞给予党内严重警告处分，同时调任县文旅局任副局长（享受正科级待遇）。自此，一个曾经令人神往的5A级景点几近摧毁，一批曾经为打造人间美景而付出心血与汗水的人士折戟沉沙。

后记

巢瑞并没有按组织的安排去文旅局履职，他毅然辞去公职，成为水梦乐园的执行总经理。钱亮还把柯维和陆骏二位教授请来加盟水梦乐园，这群近乎偏执地爱上了这片土地的人们依然故我，为水梦乐园的复苏与繁荣而努力争取着。一年后，通过锲而不舍的奔走，终于将这块土地变性为旅游开发用地。自此，钱亮和他团队的伙伴们又开始摩拳擦掌，他们信心满满地承诺：不久水梦乐园将再现辉煌！

跋涉在圆梦之旅

也许有些东西是上天注定的，我从年少就开始做作家梦，记得还是读初中时，每当语文老师要讲评作文，便眼巴巴地期待着讲评中有我的文章。这种对文学的执着一直延续着，以至于恢复高考那年同学们纷纷报考理科，而我却义无反顾地报了录取率很低的文科，尽管录取的学校不尽如人意，但总算是进入了孜孜以求的中文系。

小说是我最期待突破的一种文体，早期因心有余力不足，不敢动笔挑战它，进入大学后，正赶上文学创作的繁荣期，深受"伤痕文学"影响的我，开始了小说创作。从大学毕业到参加工作那几年，我陆陆续续地创作了十来篇短篇小说，信心满满地将其投向《萌芽》《青春》《当代》等文学刊物，整天期待有稿子被采用的好消息，但结果很让人失望，投出的稿子都石沉大海，没有一篇被采用的。倒是所写的一些关于中学作文教学的小文章陆续在《课堂内外》等刊物上发表，从而引起人们的关注。刚过三十岁的我，被市委遴选进入市委办公室从事公文写作，从此便踏上了从政之路。

日常行政工作虽繁忙，但我依然牵挂着文学，忙里偷闲也偶尔弄点小文章聊以自慰。退休后，我仿佛是一辆高速奔驰的列车缓缓地停下来，无官一身轻的我总算是可以旧梦重温。没有过多犹豫，我便拿起笔来，开始了我的圆梦之旅。

然而这次拿笔与年轻时的写作相比有了很大的变化，过去我是想通过写作当上作家，以此改变我的人生，在这种强烈的功利心的驱使下，我早期一些稚嫩的作品多半是应景而为，加上生活阅历的欠缺，写作技法的粗糙，自然得不到编辑们的认可。退休后，多个岗位的人生经历，对人和事的解读与认知水平的提高，加上从事多年公文写作累积的写作经验，给了我充足的写作底气。更加可贵的是，我不再有生存的压力，衣食无忧的我可以彻底甩掉为功利而写作的包袱，随心所欲地写自己想写的故事，塑造自己或爱或恨的人物，可以全然以一种放松和愉悦的心态去写作。

不到两年工夫，我轻松写就了《一步之遥》

子。在这部小说集里，笔触所及有亲情，有爱情；有特殊时期小人物的悲苦命运，有改制时期经济转型的阵痛；有跋涉者的酸甜苦辣，有投机者的自食其果。

本部小说集，基本上取材于我熟悉的生活，很多故事都是我亲眼所见，亲耳所听，亲身经历，小说中的很多角色也都是我身边熟悉的人物。

在这些小说创作的过程中，我没有刻意去迎合什么，总是按照我对生活的理解，客观而真实地再现社会生活图景，书写人生百态。

我的小说总想通过故事中人物的命运来折射出这个世界，然后以直抒胸臆的方式或颂扬，或鞭挞，以表达一位写作者对正义与真理的追求。

在我的小说里很难找到新的技法，我的创作路径十分传统，我始终认为，小说创作首先必须有故事，没有一个好的故事是很难成为一篇小说的。同时，一个鲜活的人物是作品的灵魂，而注重细节的描写和人物的刻画是实现故事完美再现的主要手段。我的小说写作遵循的就是这一创作原则。

集子的出版就像一个婴孩呱呱落地。我心存忐忑，殷切地期待着它能为读者们所关注，所欣赏，所推崇。

借集子出版之机，我要特别感谢黄玉东先生，他不仅通过其主办的"冬歌文苑"文学平台不断地推出我的作品，给我以创作的信心与激情，并不辞劳顿，为此书的出版而奔波；我要感谢王树宾先生，他所作的精彩的序言，为集子平添了一抹亮色；我还要感谢平时关注我的作品的同学、同事、朋友们，是他们不断的鼓励与鞭策给了我创作的不竭动力。